Marco Malvaldi
Eine Frau für den Barista

PIPER

Zu diesem Buch

Als die neue Kommissarin in Pineta, Alice Martelli, die Bekanntschaft der BarLume und ihrer eigentümlichen Stammgäste macht, erläutern die ihr umgehend ihre Theorie zum Verschwinden von Vanessa Benedetti. Ihr Ehemann muss sie zum Schweigen gebracht haben. Denn am einen Tag kauft sie kiloweise Grillfleisch für ihren mehr schlecht als recht laufenden Agriturismo, und am nächsten ist sie spurlos verschwunden. Der Fleischkauf ist umso mysteriöser, als ihre deutschen Touristen eigentlich immer draußen essen gehen, wie die Senioren wissen. Was also wollte sie mit dem vielen Grillfleisch? Doch sicher nicht damit auf Reisen gehen? Was die Gerüchteküche weiter anheizt, ist der Tod eines örtlichen Kartenlegers. »Atlas der Leuchtende« hatte bei einem privaten Fernsehsender den Fall Vanessa bereits vorhergesehen – einen Tag später ist er tot. Mord oder Selbstmord? Trotz der sommerlichen Hitze gelingt es den vier Alten – selbstverständlich wie immer mit der Unterstützung von Massimo, ihrem Barista – am Ende jede Unklarheit zu beseitigen. Mithilfe messerscharfer Witze und tödlicher Wortgefechte.

Marco Malvaldi, geboren 1974 in Pisa, arbeitete bis vor Kurzem als wissenschaftlicher Mitarbeiter an der Fakultät für Chemie der dortigen Universität. Mit seinen Krimis um die vier alten Männer und den sympathischen Barbesitzer Massimo avancierte er zum Bestsellerautor. Daneben veröffentlichte er mehrere davon unabhängige Krimikomödien. Marco Malvaldi lebt als freier Autor mit seiner Frau und zwei gemeinsamen Kindern in seiner Geburtsstadt.

Marco Malvaldi

Eine Frau für den Barista

Kriminalroman

Aus dem Italienischen
von Luis Ruby

PIPER
München Berlin Zürich

Mehr über unsere Autoren und Bücher:
www.piper.de

Von Marco Malvaldi liegen im Piper Verlag vor:

Barbesitzer-Massimo-Reihe:
Im Schatten der Pineta
Die Schnelligkeit der Schnecke
Die Einsamkeit des Barista
Schlechte Karten für den Barista
Eine Frau für den Barista

Eigenständige Kriminalromane:
Das Nest der Nachtigall
Toskanische Verhältnisse
Verbrechen auf Italienisch

Die Verse von Emily Dickinson wurden übersetzt von Eva Hesse. Aus: Eva Hesse und Heinz Ickstatt (Hrsg.): Englische und amerikanische Dichtung 4, Verlag C.H. Beck oHG, München 2000, S. 85.

FSC
www.fsc.org
MIX
Papier aus verantwortungsvollen Quellen
FSC® C083411

Deutsche Erstausgabe
April 2016

Titel der italienischen Originalausgabe:
»Il telefono senza fili«, Sellerio editore, Palermo 2014

Umschlaggestaltung und -abbildung: Hauptmann & Kompanie Werbeagentur, Zürich
Satz: Kösel Media GmbH, Krugzell
Gesetzt aus der Scala
Druck und Bindung: CPI books GmbH, Leck
Printed in Germany ISBN 978-3-492-30678-2

Für Carlo, Dichter aus Champs-le-Bisence,
allzu früh berufen auf die Champs-Élysées

The Brain – is wider than the Sky –
For – put them side by side –
The one the other will contain
With ease – and You – beside.

Das Hirn – ist weiter als das All –
Stellst du sie Seit an Seit –
Fasst eins das andere in sich –
Und dich – mit Leichtigkeit.

Emily Dickinson

Prolog 

In Pineta schien es ein ruhiger Mittsommertag zu sein wie jeder andere.

Wie üblich war die Sonne hinter den Hügeln im Osten aufgegangen, und alles deutete darauf hin, dass sie im Westen untergehen würde, sich immer weiter von gelb zu rot verfärbend, um schließlich wie jeden Abend ins Meer zu tauchen.

Das Meer wiederum fühlte sich nass an, schmeckte salzig und roch widerlich, Letzteres aufgrund der Ausdünstungen des Erdöls und anderer fossiler Brennstoffe, die der Hafen von Livorno an Tagen, an denen der Schirokko blies, gewissenhaft über die Strände verteilte, also seit einem Monat täglich.

Das Laub war grün, die Zebrastreifen waren weiß, und die Rücken der Urlauber hatten einen Rotstich, so wie die Haushaltszahlen der Stadtverwaltung, und das, obwohl inzwischen sämtliche Bodenmarkierungen für Parkplätze blau waren.

Die Kinder spielten, die Mammas gaben den Kleinsten die Brust, die Verkehrspolizisten verhängten Bußgelder, und die Journalisten ergingen sich in Übertreibungen; während sich die Angehörigen des Öffentlichen Dienstes in dem Wissen, dass ein gleichbleibendes und vorhersehbares Verhalten wesentlich zur Beruhigung der Bürger beitrug, mit Däumchendrehen beschäftigten, wie üblich.

Kurzum, es schien ein ruhiger Mittsommertag zu sein wie jeder andere in Pineta.

Und der Schein trog nicht.

»›... ein äußerst ausgeglichenes Spiel bis zur sechsunddreißigsten Minute der zweiten Halbzeit, als der Spieler mit der Rückennummer 18 von Juve, von Tévez mit einem Steilpass in den Strafraum geschickt, dort zu Boden sank. Für sämtliche Betrachter auf dem Feld wie auf den Rängen eine eindeutige Schwalbe, nur nicht für den Schiedsrichter, der die Aktion mit einem Elfmeterpfiff quittierte.‹«

Rimediotti ließ die *Gazzetta* sinken und schüttelte den Kopf.

»O Mann, jetzt bescheißt ihr auch schon im Pokal«, sagte er und maß Pilade mit einem missbilligenden Blick.

Pilade, der einzige Juve-Fan in einem sportlichen Umfeld, in dem Rimediotti für Inter Mailand war, Aldo und Massimo für AC Turin und Ampelio der Meinung, dass Fußballspieler sowieso alle geschlagen gehörten, zeigte mit dem Zeigefinger auf sich, eine Geste, die bei seiner Körpermasse schwerlich danebengehen konnte.

»Was habe ich damit zu tun? Ich bin doch nicht der Schiedsrichter.«

»Der arme Pilade hat recht«, verteidigte ihn Aldo und wischte jeden etwaigen Widerspruch mit einer Handbewegung beiseite.

»Ja, zum Glück«, kicherte Ampelio. »Kannst du dir die Spieler vorstellen? ›He, schau mal, der Schiri hockt im Heißluftballon.‹«

»Spielleitung aus der Vogelperspektive?«, fragte Aldo interessiert. »Das wäre doch mal eine interessante Neuigkeit. Sollen wir Blatter anrufen? Vielleicht für die nächste WM …«

»Eine interessante Neuigkeit wäre, wenn ihr mal nicht so viel Blödsinn quatschen würdet«, brummte Pilade. »Ich habe das Spiel von gestern Abend noch nicht einmal gesehen.«

»Hast du keine Lust mehr auf Fußball? Du wirst alt.«

»Was heißt da werden, war er jemals jung?«

»Ach, ihr könnt mich mal kreuzweise«, unterbrach sie Pilade. »Es ist einfach alles viel zu viel. Die Liga von Samstag bis Montag, dienstags und mittwochs Champions League, am Donnerstag UEFA Cup…«

»Der heißt jetzt Europa League.«

»Na super. Ich bleibe bei UEFA Cup. Für den Freitag haben sie noch nichts gefunden, aber halb so schlimm, am Samstag geht's ja wieder von vorne los … Herr im Himmel, Fußballfan sein ist schlimmer als ein Vollzeitjob!«

»Was verstehst du denn vom Arbeiten?«

Pilade war gerade im Begriff, aus der Fülle seiner Weisheit eine passende Antwort zu geben, da öffnete sich die Glastür, und ein groß gewachsener, gut gekleideter Mann trat ein. Er trug ein Reiseköfferchen unterm Arm und die tatkräftige, proaktive Haltung zur Schau, die im höheren Dienstleistungssektor zum guten Ton gehört.

»Guten Tag.«

»Mag für Sie so aussehen«, antwortete eine Stimme von unter dem Tresen.

»Wie bitte?«

»Mag für Sie so aussehen«, wiederholte Massimo, während er aus dem Tresenjenseits auftauchte, in der Hand eine Flasche Chinotto, mit der er auf die vier Alten deutete. »Für mich ist es dieselbe Nerverei wie immer. Was darf's sein?«

»Ein Espresso, bitte. Und wenn es dann recht wäre, fünf Minuten von Ihrer kostbaren Zeit.«

»Der Espresso ist kein Problem«, erwiderte Massimo, während er den Chinotto in ein Glas goss. »Was das Zweite betrifft, werde ich Ihnen, fürchte ich, nicht helfen können.«

Der Neuankömmling sah sich um. In der Bar herrschte bis auf die vier Abgeordneten der Grauen Panther gähnende Leere.

»Wenn Sie mir eine günstigere Uhrzeit nennen könnten …«

»Mit der Uhrzeit hat das nichts zu tun, es ist eine Frage von Inhalten.« Massimo deutete auf das Köfferchen des Burschen, auf dem das Logo eines bekannten Herstellers von Glücksspielautomaten prangte. »Wenn das da Ihr Arbeitgeber ist, dann gehe ich davon aus, dass Sie die Absicht verfolgen, mir ein Gerät für Videopoker oder dergleichen anzudrehen. Mir scheint daher angebracht, Sie darauf hinzuweisen, dass ich keinerlei Interesse habe, ein derartiges Gerät in meiner Bar aufzustellen. Wollte ich mich auf ein Gespräch mit Ihnen einlassen, würde ich nur unser beider Zeit vergeuden.«

Damit stellte Massimo seinem Gegenüber höflich, aber bestimmt seine Espressotasse hin.

»Sicher, das verstehe ich«, sagte der Bursche, der auf solche Reaktionen offensichtlich vorbereitet war. »Darf ich Sie, rein interessehalber, fragen, aus welchem Grund …«

»Gewiss dürfen Sie. Und meine Antwort lautet als Allererstes, dass wir angesichts der hiesigen Klientel nicht so sehr über Videopoker sprechen müssten wie über Videobriscola. Ich könnte Ihnen noch zweiundvierzig weitere sehr gute Gründe nennen, wenn ich wirklich Wert darauf legte, dass Sie meinen Standpunkt nachvollziehen. Da dies jedoch nicht der Fall ist, bitte ich Sie, mir einfach zu glauben, dass ich weder bereit bin, etwas zu kaufen, noch zuzuhören. Ich lade Sie daher ein, in Ruhe Ihren Espresso zu genießen, der, wie Sie zweifellos feststellen können, ganz ausgezeichnet ist. Und dann schleichen Sie sich, aber zackig, sonst lasse ich die Warane von der Leine.«

»Mamma mia, war das unhöflich«, sagte Aldo.

»Aus schierer Notwendigkeit«, erwiderte Massimo und setzte das Glas Chinotto auf dem Tresen ab, nachdem er zufrieden einen Schluck genommen hatte. Vor kaum zehn Sekunden war der Vertreter durch die Glastür gegangen, nicht ohne davor einen Euro neben die Kasse gelegt zu haben, mit der geringschätzigen, überheblichen Miene eines Mannes, der gerade eine Niederlage eingesteckt hat.

»Ach, woher denn«, widersprach Aldo. »Mir rückt schon auch mal ein Vertreter auf die Pelle, der besonders aufdringlich ist, oder einer, dessen Produkte mich nicht interessieren. Aber deshalb behandele ich ihn doch nicht wie den letzten Dreck.«

»Schon klar. Aber, mal ehrlich, schafft dieser Vertreter es dann, dir etwas zu verkaufen, oder gelingt es dir, standhaft zu bleiben?«

»Also, wenn ich ehrlich bin …«

»Wenn du ehrlich bist, schaffen sie's jedes Mal, dir was unterzujubeln.« Massimo unterstrich seine Worte mit einer sarkastischen Handbewegung. »Und weißt du, warum? Weil man sich in dem Augenblick, in dem man auch nur kurz mit ihnen redet, auf einen Austausch einlässt, und ab da gehen Informationen hin und her. Sobald du ihm mit Argumenten kommst, gibst du Folgendes über dich preis: ›Hier steht ein wohlerzogener, vernünftiger Mensch, der bereit ist, sich zu erklären und daher auch zuzuhören.‹ Der Vertreter schließt daraus: ›Wenn ich mich anstrenge, lege ich ihn aufs Kreuz.‹ Und so hast du auf einmal den Keller voller Balsamico-Essig mit Himbeergeschmack. Ich dagegen behandle die Typen so schlecht, dass man es kaum glauben kann. Die Information, die ich damit aussende, lautet: ›Der Typ ist ein Spinner und wahrscheinlich ein Mistkerl, jedenfalls sicher kein vernünftiger Mensch, der hört bestimmt nicht zu. Mit ihm zu diskutieren, ist den Versuch nicht wert.‹«

»Verstehe«, sagte Aldo, nachdem er einige Sekunden lang den Kopf gewiegt hatte. »Dann sollte ich dich wohl beim Einkauf immer und grundsätzlich zurate ziehen, auch wenn du gerade auf dem Klo hockst.«

»Das wäre zweifellos wünschenswert«, bestätigte Massimo schneidend.

Auf diese Antwort hin wandte sich Aldo an die übrigen drei Spießgesellen.

»Der hat vielleicht einen Charakter ...«

»Na, du kennst doch den alten Spruch – du wolltest ein Fahrrad, jetzt tritt gefälligst in die Pedale«, gab Pilade zurück, bei dem es mit dem Mitgefühl nicht weit her war.

»So ist es«, unterstrich Ampelio und kicherte. »Blöd,

dass der Drahtesel noch nicht mal ’nen Sattel hat. Da kannst du dich nur noch in die Eisen stellen, sonst bist du verratzt.«

Um besser zu verstehen, was da vor sich geht, empfiehlt sich vielleicht ein kurzer Rückblick auf einen Zeitpunkt vor ungefähr drei Monaten.

Denn etwa drei Monate war es her, dass Aldo die BarLume vorsichtiger als sonst betreten hatte, und das zu einer ganz unerhörten Uhrzeit, nämlich um Viertel vor drei Uhr nachmittags, also zu einem Zeitpunkt, der sowohl bei den übrigen Alten wie in der BarLume selbst der Siesta gewidmet war.

»Schönen Tag zusammen«, grüßte er beim Eintreten.

»Hier bin eigentlich nur ich«, antwortete Massimo.

»Na, siehst du«, erwiderte Aldo. »Gut, gut, gut, mein lieber Massimo. Wie geht’s denn so?«

Massimo verharrte einen Augenblick lang schweigend, bevor er zurückgab:

»Ich weiß nicht warum, aber ich habe das Gefühl, dass du diese Frage gerne von mir gestellt bekommen würdest.«

Nachdem Aldo Massimos Worte sorgsam abgewogen hatte, begann er, langsam zu nicken.

»Tja, das stimmt.« Pause, mit Blick zum Deckenventilator. »Ich fürchte, das stimmt.«

»Schon komisch. Dabei hatte ich gehört, das mit der Wirtschaftskrise sei alles nur Gerede.« Profi, der er war, räumte Massimo nebenbei gewissenhaft die Gläser in den Geschirrkorb, sodass die Sprechpausen vom typischen Klang von Glas gegen Metall interpunktiert wurden. »Ich hatte sogar gehört, die Restaurants seien voll. Das kam übrigens vom Chef von den Deinen, und nicht von der kommunistischen Propaganda.«

»Ich bitte dich«, antwortete Aldo niedergeschlagen, während sein Blick weiterhin den sich drehenden Flügeln folgte. »Die Restaurants mögen voll sein, aber die Leute begnügen sich mit dem Billigsten, was die Speisekarte hergibt. Weißt du, wie oft Tavolone und ich den Mittagstisch mit dem Fisch vom Vorabend bestreiten?«

Massimo nickte ernst.

Seit seiner Einweihung hatte sich das Restaurant in der Villa del Chiostro als ausgesprochen unglücklicher Standort erwiesen. Teilweise lag das an der Krise, die ja nicht wegzudiskutieren war. Teils auch an ein paar Vorfällen im Restaurant selbst – etwa der Russe, der sich partout von seiner Frau umbringen lassen musste, während sich noch andere Gäste im Lokal aufhielten, und es ist ja wirklich kein Hochgenuss, auf einer Decke am Pool zu liegen und zuzusehen, wie zwei Sanitäter einen Typen vorbeitragen, der unter einer Decke liegt. Wer soll sich da erholen? Der Hauptgrund aber war: Die Villa del Chiostro war die richtige Location am falschen Ort.

In Krisenzeiten geht die Schere zwischen Arm und Reich immer weiter auseinander. Und ein Luxusschuppen, der von Haus aus dazu bestimmt ist, Geldsäcke zu hegen und zu pflegen, mag in Forte dei Marmi einen Sinn haben, nicht aber in Pineta. Ein Stück Pizza auf die Hand passt nun einmal nicht besonders gut zu Champagner.

»Ja, und weiter?«

»Also, ich habe mir gedacht, ich sollte vielleicht zumachen und neu eröffnen. Ich meine, das Boccaccio in der

Villa del Chiostro zumachen und mit etwas ganz anderem beginnen.«

»Ach, wirklich?«

»Ja. Einen charmanten kleinen Laden, der nur abends offen hat, so im französischen Stil. Feste Karte, die Küche sorgfältig, aber ohne Allüren, Gerichte, die schnell auf den Teller kommen. Ein schlichtes Weinlokal, aber so, wie sich's gehört. Und nur das Nötigste an Personal.«

»Oha.« Massimo nickte energisch. »Das gefällt mir. Hast du schon einen Platz gefunden?«

»Doch, doch. Den hätte ich. Gleich hier in der Nähe. Auf dem alten Grundstück von Pasquinucci.«

»Gut. Um nicht zu sagen, sehr gut. Und das stemmst du ganz allein?«

Aldo wandte den Blick endlich von den Flügeln des Ventilators ab und richtete ihn auf Massimo.

»Nein, wo denkst du hin. In meinem Alter macht man so was nicht allein. Nein, ich hatte überlegt, die Sache mit einem Teilhaber anzugehen.«

»Ja, das wird das Beste sein«, sagte Massimo, aufrichtig davon überzeugt. Aldo war großartig im Umgang mit den Gästen, aber was die wirtschaftliche Seite betraf, zerstreut und chaotisch. Wer auch immer von Aldo hinzugezogen wurde, er würde sich mit Geduld wappnen müssen. »Hast du an jemand Bestimmten gedacht?«

»Aber sicher.«

Der Ärmste.

»Er ist zuverlässig, selbstsicher, intelligent. Und außerdem hat er seit etwa zehn Jahren eine Bar, er weiß also, wie man einen Laden führt. Aus all diesen Gründen würde ich die Sache gerne in seine Hände legen.«

Ich unterstreiche: Der Ärmste.

»Er ist ein bisschen eine Nervensäge, aber das braucht es ja irgendwie auch«, fuhr Aldo fort und sah Massimo in die Augen. »Außerdem ist er wirklich extrem gescheit. Du wirst es nicht glauben, aber er hat einen Universitätsabschluss. Und zwar in Mathematik. Ungewöhnlich für einen Barista, nicht wahr?«

Ich muss es umformulieren: Ich Ärmster.

Und so begann das Abenteuer Bocacito, eine hundertprozentige Gemeinschaftsunternehmung von Aldo und Massimo. Personal eingeschlossen. Das fing mit Tavolone an, der abends in Aldos Küche das Zepter schwang und sich tagsüber für Massimo belegte Schnitten ausdachte, die einfach sensationell waren. So hatte die Karte der BarLume ihr eigenes Sortiment an Panini um einige bemerkenswerte Kostproben von Tavolones Einfallsreichtum bereichert, darunter das *Chourmo* (pürierter Stockfisch mit gerösteten Brotkrumen und pulverisierten getrockneten Tomaten) und das *Raìs* (Carpaccio vom Thunfisch aus Capraia, mariniert in Limettensaft, gerösteter Sesam und Granatapfelkerne). Dazu kamen Kreationen von Massimo, die leider nicht immer verfügbar waren, etwa das *Vintage* (Olivenpaté und Dodo-Schinken, ursprünglich tiefgefrorene Zutaten nicht ausgeschlossen), das *Reverie* (ein Brötchen ohne Belag, Musik nach Wahl des Kunden) und das *Schweinerlei* (Fladenbrot mit Grieben und Rohschinken, serviert von einer Kellnerin im Oben-ohne-Look). Das alles konnte man bei Bedarf direkt vom Strand aus bestellen, dank einer brandneuen App namens Telephanino (für iPhone und Android), die Massimo mithilfe eines ehemaligen Studienkollegen entwickelt hatte. Die Zulieferung erfolgte in Echtzeit am Sonnenschirm des Betreffenden, und zwar durch Tiziana persönlich (im Badeanzug).

Ja, Tiziana. Die zweite Mitarbeiterin, die Massimo im Zuge der Transaktion eingestellt hatte. Und wenn er ehrlich mit sich war, auch der einzige wirkliche Grund dafür, dass er Aldo nicht gebeten hatte, sich doch sonst wo an der Küste einen Barista mit Mathediplom zu suchen. Stattdessen hatte er sich auf eine Geschäftsbeziehung mit einem Mann eingelassen, der, wie ihm von Tag zu Tag klarer wurde, der König der Kopflosen war.

Anfang

Der gelbe Ball rollte mit träger Bestimmtheit dahin, wurde langsamer und kam schließlich ganz zum Stehen. Genau zwanzig Zentimeter von der weißen Kugel entfernt, und dazwischen stand die rote, zu allem Überfluss auch noch nah an der Bande. Mit anderen Worten, die Situation war beschissen.

»Na dann, viel Spaß«, sagte Pilade und senkte das Queue.

Gemessenen Schrittes trat Aldo an den Billardtisch und nahm seinen eigenen Stock, der an der Wand lehnte.

»Was soll ich sagen, ja, den werde ich haben …«, erwiderte er nach einer kurzen Pause, in der er die Spitze des Stocks einkreidete.

»Das möchte ich sehen«, antwortete Pilade großspurig. »So wie die Bälle liegen, reicht schon die kleinste Bewegung, damit du's vermasselst.«

»Mein Gott, da redet der Richtige«, bemerkte Aldo. Unklar blieb, ob er damit die spektakulären fünfzehn Strafpunkte meinte, die sich Pilade im Spielverlauf bereits eingehandelt hatte, oder dessen Erstgeborenen Pericle Del Tacca, der von seinem Vater den Leibesumfang, die sympathische Art und den Posten bei der Stadtverwaltung geerbt hatte, nur leider ohne dessen unbestritten wache Intelligenz.

Nach eingehender Betrachtung entschied sich Aldo für einen Kunststoß. Mit kühner Streckung der Wirbelsäule beugte er sich nach vorne und verlagerte sein ganzes Gewicht auf das linke Bein.

»Ha, mal sehen, was jetzt für ein Stoß kommt«, verkündete Rimediotti, während sein Widersacher das Queue vor und zurück gleiten ließ.

»Wenn er sich noch weiter verbiegt, kommt hier höchstens ein sauberer Hexenschuss«, warnte Ampelio beflissen. »Ich seh's, spüren wird er's selber.«

»Hm.« Aldo hielt für einen Augenblick inne, während ihm klar wurde, dass seine Position etwas ziemlich Prekäres an sich hatte. »Sollte ich vielleicht besser den langen Stock nehmen?«

»Es sollte besser jemand anderer stoßen«, gab Massimo zurück, der mit ernstem Gesicht ins Billardzimmer hineinlugte. »Erstens fängst du dir aus der Position locker eine dreistellige Zahl Strafpunkte. Und zweitens ist der Vertreter hier, und da bräuchte ich dich mal kurz.«

Unerschütterlich ließ Aldo den Stock noch ein paar Mal hin und her gleiten und absolvierte den Stoß. Der gelbe Ball drehte sich hinter dem roten vorbei, stieß den weißen gleich zwei Mal an und begleitete ihn schließlich in aller Form in die Mitte des Tischs, wo sämtliche Kegel umfielen, ein Synergieeffekt wie aus dem Bilderbuch. Punkte, Spiel und Sieg. Während Aldo reglos dastand, sei es, um es auf sich wirken zu lassen, wie er's gerade vermasselt hatte, oder aus Rücksicht auf seinen vierten Lendenwirbel, erhoben sich die übrigen Mitspieler von ihren Stühlen und gingen wieder in den Hauptraum des Lokals.

»Machen die Bälle klack-klack, zahlt der Verlierer zackzack ...«, konstatierte Rimediotti mit Genugtuung.

»Ich reime jetzt nicht auf Englisch weiter, das ginge

gegen meine Kinderstube«, antwortete Aldo und wandte sich endlich vom Tisch ab. Zu Massimo sagte er: »Aber hatten wir nicht gesagt, dass das mit den Vertretern du übernimmst?«

»Nein«, antwortete Massimo sachlich, während er auf den Hauptraum zusteuerte. »Ich kümmere mich um feste Nahrung, du ums Flüssige. Sonst geht's uns wieder wie neulich, als ich zehn Kisten Prosecco bestellt habe und du zehn Kisten Prosecco bestellt hast, und dann waren wir eher für eine venezianische Hochzeit ausgestattet als für einen Aperitif an der toskanischen Küste. Jedem das Seine.«

»Sehe ich auch so. Jedem das Seine. Ästhetik und Einrichtung des Lokals sind demnach meine Sache, nicht wahr?«

»Auf jeden Fall.«

»Kannst du mir dann sagen, wer diese wahnsinnig witzigen Schildchen an den ausgestellten Gemälden anbringt?«

Die Ausstellung örtlicher Künstler im Restaurant, für deren Bilder die Kunden sich interessieren und die sie gegebenenfalls auch erwerben konnten, war eine Idee Aldos gewesen. Massimo hatte sich ihr begeistert angeschlossen, bis er erkennen musste, dass einem vom Großteil der ausgestellten Meisterwerke der Appetit verging. So äußerte er seine Ablehnung anonym, indem er die Bildunterschriften, die rechts von den Gemälden angebracht waren, durch objektivere Beschreibungen ersetzte, etwa »Teresa Gottertränk, *Barbarei in F-Moll*, gemischte Technik (Acryl und Nasenpopel), 2005« oder »Ray Charles, *Weltblitze*, Öl auf Leinwand und diversen anderen Oberflächen, 1996«.

»Keine Ahnung«, log Massimo. »Ein anonymer Nichtsnutz, nehme ich an.«

»Anonym, aber ziemlich in Form«, bemerkte Ampelio, der gerade den Raum betrat. »Na, bekanntlich macht die Einsamkeit …«

»Ich glaube, das Thema inoffizielle Schildchen sollten wir hier nicht weiterverfolgen«, unterbrach ihn Massimo, während er hinter den Tresen ging, an dem der Notar Aloisi darauf wartete, von Tiziana seinen Cappuccino serviert zu bekommen. »Denn anscheinend bin ich nicht der Einzige, der da gern mal über die Stränge schlägt. Guten Tag, Herr Notar. Darf ich Sie als Juristen mal etwas fragen? Welche Strafe riskiert einer, der Verkehrszeichen manipuliert oder fälscht?«

Die Alten wurden rot.

Auch wenn die Behörden es angeblich nicht zur Kenntnis genommen hatten – dass sich der Preis der beiden Bezahlparkplätze direkt vor der BarLume illegal auf fünfzehn Euro die Stunde erhöht hatte, war von den Bewohnern des Städtchens rasch als mögliches Werk unserer Freunde ausgemacht worden. Umso mehr, als die direkten Nutznießer der Operation sie selbst waren. Zuvorderst Del Tacca, dem nämlich als Erstem aufgefallen war, dass die Doppelreihe von blauen Markierungen exakt den offiziellen Abmessungen einer Bocciabahn entsprach; aber auch die übrigen drei hatten daraus Nutzen gezogen, indem sie an der nun restlos von Kraftfahrzeugen befreiten Stelle aufreibende Wettbewerbe organisiert und bestritten hatten, bis zur letzten Bocciakugel.

»Verkehrszeichen liegen außerhalb meines Tätigkeitsbereichs«, sagte der Notar, ohne auch nur anscheinhalber von seinem *Corriere* aufzusehen.

Massimos Blick blieb wie immer an der Riesennase des Notars hängen. Zum etwa tausendsten Mal fragte er sich, wie wohl das Leben eines Mannes aussah, der ein dermaßen gewöhnliches Äußeres aufwies, mit Ausnahme einer einzigen Unmäßigkeit – einer dicken, kartoffelhaften Nase, der Nase eines seriösen Menschen. Was der Notar ohne den geringsten Zweifel war.

Darüber hinaus aber konnte jeder erkennen, der auch nur fünf Minuten mit ihm zu tun bekam, dass sich der Notar durch Gelassenheit auszeichnete.

Vielleicht lag es an der Arbeit. Denn die Tätigkeit eines Notars besteht nun einmal darin zu verbürgen, dass X tatsächlich der ist, der er zu sein behauptet, dass Y wirklich über das Eigentum an etwas verfügt, das er X zu verkaufen gedenkt, um sodann beiden Parteien nach Maßgabe des Gesetzes zu versichern, dass keiner der Beteiligten den anderen über den Tisch zu ziehen versucht; und da überdies die Zusicherung all dieser Dinge eine Gebühr in vierstelliger Höhe wert ist, liegt auf der Hand, dass einem Notar niemals die Arbeit ausgeht und ebenso wenig die finanziellen Mittel.

Wahrscheinlich lag es auch an seiner Familie. Angefangen bei der Frau, Signora Maria Dolores, einer sprühenden Sechzigjährigen, die ein pfauenhaftes Äußeres hatte und alles andere als ein Spatzenhirn. Nach einmütiger Aussage der Alten hatte sie als eine der schönsten Frauen an der toskanischen Küste gegolten. Die beiden bildeten ein Paar, das rein äußerlich überhaupt nicht zusammenzupassen schien. Massimo, und nicht nur er allein, hatte schon immer Schwierigkeiten gehabt, sich die beiden miteinander vorzustellen, geschweige denn auf- oder untereinander. Und doch musste es wenigstens zwei Mal dazu gekommen sein, waren die zwei Sprösslinge des Paars doch dem Augen- oder genauer dem Nasenschein nach unverkennbar dem Herrn Notar zuzuordnen.

Beide Söhne hatten sich naheliegenderweise von wundervollen Kindern zu vorbildlichen Studenten entwickelt, um dann als vollwertige Mitglieder die Reihen der herausragenden Angestellten aufzufüllen. Das wiederum hatte ihnen ermöglicht, den Status von Familienvätern zu erlangen, ohne sich jemals auch nur von ferne dem Schicksal eines Durchschnittsdeppen anzunähern, wie es neunundneunzig Prozent der Menschheit in aller Regel blüht oder zumindest droht.

In dürren Worten zusammengefasst: Wenn es in Pineta einen Menschen gab, den Massimo gelegentlich beneidete, so war es dieses Männlein mit der Riesennase, das er jetzt vor sich hatte. Einer Riesennase, die unverändert auf die Zeitung gerichtet blieb, ohne sich Abschweifungen in Richtung von Tizianas Titten zu erlauben oder sich sonst wie um fremde Angelegenheiten zu kümmern.

»Der Herr Notar hat recht«, bekräftigte Ampelio, der sich schon aus dem Schneider wähnte. »Ein Mensch in seiner Position befasst sich nicht mit derlei Kleinkram. Sie haben vor allem mit Immobilien zu tun, stimmt's?«

»Unter anderem«, räumte der Notar mit einer leichten Kopfbewegung ein, nach wie vor in die Zeitung versunken.

»Dann wissen Sie sicher auch von dem Schlamassel mit Benedetti und seiner Frau.«

»Na, ich weiß halt, was alle wissen«, konzedierte der Notar nach einem Schluck Cappuccino.

»Ja, ist das denn wahr, dass sie sich haben scheiden lassen?«

»Ich habe das so gehört«, sagte der Notar unverbindlich.

»Entschuldigung, über wen redet ihr da eigentlich?«, fragte Tiziana, während sie den Filtereinsatz für die Espressomaschine säuberte.

»Die Benedettis, die mit dem Agriturismo-Hotel neben der *Donau*, weißt du?«

»Nein, noch nie gehört.«

»Die beiden sind vor drei, vier Jahren aus Umbrien hierhergezogen. Haben damals das Anwesen hinter Ciglieris Landgut gekauft.«

»Wie, das am Bewässerungsgraben?«

»Ganz genau«, bestätigte Rimediotti. »Neben der *Donau* halt.«

Tiziana machte ein ungläubiges Gesicht.

»Und da haben die einen Agriturismo eröffnet?«

Del Tacca breitete die Arme aus, ohne übermäßigen Nachdruck, alles andere an ihm war ja schon breit genug.

Das Grundstück neben Ciglieris Landgut war in der Tat nicht der gesundheitsförderndste Standort des Universums. Im Osten wurde das von Eukalyptusbäumen bestandene Land durch einen Bewässerungsgraben begrenzt, was es in der Praxis zu einer Art Freiluftdisco für Stechmücken machte; ganz zu schweigen von dem Graben selbst, der in den Jahren zuvor als exklusive Müllhalde der Feingerberei Martellacci & Brüder gedient hatte. Das Unternehmen hatte bis zu seiner Schließung (im Jahre 1991, aus einschlägigen juristischen Gründen) Tonne um Tonne Gerbereiabwässer in den wehrlosen Wasserlauf gekippt. So war er zu dem hübschen Ultramarinblau gekommen, das dem Bewässerungsgraben den Spottnamen *Donau* eingetragen hatte. Die Zeit hatte die Farbe fortgespült, den Beinamen nicht.

»Also«, setzte Del Tacca zu einer Erklärung an, und zwar völlig dialektfrei, wie immer, wenn es ihm darum ging, den Eindruck von Kompetenz zu vermitteln, »die beiden haben zusammengelebt, waren aber laut standesamtlichem Register rechtsgültig geschieden.«

»Ja, und?«

»Na, sie hatten sich scheiden lassen, damit er ihr Unterhalt zahlen muss«, erläuterte Pilade. »Unterhaltszahlungen vom Exmann sind nämlich steuerfrei. Das heißt, er brauchte auf einen Teil des Einkommens keinen Heller Steuern zahlen.«

Will man einen wortkargen Menschen zum Sprechen bringen, so gibt es kein besseres Mittel, als sich auf dessen Fachgebiet als Kenner aufzuspielen und so viel Blödsinn wie möglich von sich zu geben: Der Wunsch, Irrtümer zu bereinigen und der Wahrheit Geltung zu verschaffen, ist weit stärker als das Bestreben, nicht aufzufallen. Das gilt ganz allgemein und sogar für Leute, denen menschliche Regungen fremd zu sein scheinen wie dem Notar Aloisi. Der trank langsam seinen Cappuccino aus und begann dabei, den Kopf zu schütteln, mit geringer Amplitude, aber beträchtlicher Autorität.

»Das ist so nicht ganz richtig.«

»Ach nein?«, forderte Pilade ihn heraus. »Wie ist es denn dann?«

»In Wirklichkeit scheint unser Freund Benedetti, als er noch in Umbrien lebte, bis zum Hals in Schulden gesteckt zu haben. Wie es sich damit auch verhalten mag, jedenfalls schloss er sein Etablissement in Gualdo Tadino, ließ sich scheiden und zog in die Toskana. Durch die Scheidung ging ein Großteil seines Vermögens auf die Ehefrau über, einschließlich des gerade erwähnten Grundstücks, und ist damit dem Zugriff durch die Gläubiger des Exmanns entzogen. Darunter ganz zuvorderst der Staat.«

»Woher wissen Sie denn das alles?«

»Es ist doch allgemein bekannt«, sagte der Notar mit dem Anflug eines Lächelns. Tatsächlich war die Begehung von Benedettis Agriturismo durch die Finanzpolizei weder kurz noch schmerzlos verlaufen. Und so hatte die Nachricht vom Eintreffen der offiziell Zuständigen recht schnell ihren Weg zur halbamtlichen Öffentlichkeit in der Bar gefunden. Wie auch zu den Ohren des ganzen Städtchens, versteht sich, das die Geschichte nun schon seit Wochen immer weiter ausschmückte. »Ich gebe hier keine Berufsgeheimnisse preis. Im Übrigen hatte ich weder Einsicht in die Akten der beiden Betroffenen noch in das Verhältnis zwischen ihnen. So etwas spricht sich halt herum.«

»Meine Güte, aber das ist doch furchtbar«, bemerkte Tiziana, während sie sich die Hände an der kurzen Schürze abtrocknete, die sie sich um die Taille gebunden hatte. »So etwas spricht sich herum, natürlich, aber ich finde das zum Fürchten.«

»Wie meinst du das?«, fragte Aldo mit übertriebenem Unverständnis.

»Ich meine, wenn die Sache herausgekommen ist, bedeutet das doch: Jemand hat gesehen, dass die beiden zusammenleben, und dieser Jemand muss es jemand anderem gesagt haben. Schon klar, wir reden hier von einer Straftat, aber derjenige, der ihnen auf die Schliche gekommen ist, woher sollte der wissen, dass sie geschieden sind? Das ist doch immer noch eine Privatangelegenheit.«

»Privat, pah«, warf Ampelio ein. »Ich wohne in diesem Städtchen. Was hier vor sich geht, betrifft mich auch, und wie. Sehen Sie das nicht genauso, Herr Notar?«

Der Notar klappte die Zeitung zu, hob die Tasse vom Tellerchen und schwenkte sie ein Stück weit, als wollte er damit ihrer aller Situation umschreiben.

»Kommt darauf an. Tiziana hat schon recht, hier wurde zwar eine Straftat aufgedeckt, aber das war wahrscheinlich nur durch eine weitere Straftat möglich. Oder jedenfalls durch ein Eindringen in die Privatsphäre anderer. Im Übrigen ist *privacy* ja ein angelsächsischer Begriff. Kein Wunder, dass wir in unseren Breiten damit nichts anzufangen wissen, nicht wahr?«

»Damit bin ich jetzt aber nicht einverstanden«, ließ sich Rimediotti vernehmen. »Wenn einer festgestellt hat, dass da etwas faul ist, dann hat er doch ganz zu Recht seine Nase in die Angelegenheiten anderer gesteckt.«

»In dem Fall ja«, gab der Notar zu. »Aber wenn das Gegenteil der Fall ist – welches Recht würden Sie ihm dann zusprechen?«

»Was heißt da welches Recht? Das des Bürgers natürlich!« Rimediotti sah sich Zustimmung heischend um. »Wissen Sie, Herr Notar, wenn alle Bürger ihre Nase in fremde Angelegenheiten stecken würden und jedes Mal, wenn sie einen bei einer Sauerei erwischen, überall davon berichten würden, dann würden sich die Leute um einiges anständiger benehmen.«

»Ich sage das ja nicht oft, aber diesmal hat Gino recht«,

stimmte Ampelio zu. »Was heißt denn hier *privacy*! Für manche Fälle bräuchte man eher einen Marktschreier.«

»Ist gut, Gino«, sagte Aldo geduldig. Er ahnte schon, worauf die Sache hinauslaufen würde. »Aber erlaube mir eine Frage: Wie willst du entscheiden, was dich etwas angeht und was nicht?«

»Was gibt's denn da zu entscheiden?«, sagte Gino unwirsch. »Hast du etwa nicht im Gefühl, was richtig ist und was falsch?«

»Kommt darauf an. Bei manchen Sachen bin ich mir da sicher, bei anderen schon weniger.« Aldo zog die Augenbrauen hoch, wodurch sich die Falten auf seiner Stirn zu wahren Schluchten vertieften. »Aber kannst du dir vorstellen, was hier los wäre, wenn wir vier plötzlich anfangen würden, Leute zu verpfeifen, bloß weil wir ihr Verhalten nicht kapieren? Nehmen wir mal an, du, Ampelio, Pilade und ich zeigen systematisch alles an, was unserer Meinung nach nicht in Ordnung oder auch einfach nur unverständlich ist. Die Polizeireviere wären bald randvoll mit Priestern, Fußballern, intelligenten Mitmenschen und Ernährungsberatern.«

»Ich stelle mir vor, dass sie mit Politikern voll wären«, entgegnete Gino gereizt. »Politikern, Richtern und Notaren.«

»Ach ja?« Der Ausdruck auf Aloisis Gesicht war eher neugierig als irritiert.

»Entschuldigung, Herr Notar, aber sagen Sie doch selbst – in welchem anderen Land muss ich als Käufer einer Wohnung irgendeinem Typ Tausende von Euro zahlen, bloß damit er mir erklärt, dass dem Verkäufer die Wohnung auch wirklich gehört. Das könnte doch auch der nächstbeste Verwaltungsangestellte übernehmen, oder?«

»Gewiss doch«, stimmte Aloisi zu. »Eine Frage hätte ich allerdings: Wenn Sie auf die Stadtverwaltung gehen, um sich zum Beispiel nach der Grundsteuer zu erkundigen, die Sie in diesem Jahr zu zahlen haben, bekommen Sie dann immer die korrekte Antwort?«

»Sie sind lustig«, antwortete Ampelio. »Schauen Sie sich doch Pilade an. Eine verlässliche Antwort kriegt man bei dem höchstens, wenn man wissen will, was es in der Bar an süßen Teilchen gibt.«

»Jetzt übertreib's mal nicht mit dem Gerede«, sagte Pilade.

»Stimmt«, gab Ampelio zurück. »Das machst ja du schon mit der Gabel.«

»Und würden Sie im Falle eines Irrtums erwarten, dass die Stadtverwaltung, ich wiederhole: die Stadtverwaltung Ihnen den Kaufpreis für die Wohnung ersetzt, wenn etwas schiefgeht? Wenn Sie zum Beispiel herausfinden, dass im Grundbuch eine Hypothek vermerkt ist oder der Eigentümer die Wohnung bereits an zwei weitere Leute veräußert hat?«

Schweigen. Es war das etwas verlegene Schweigen, wenn man merkt, dass ein Widersacher den wunden Punkt gefunden hat, auf dem er weiter herumreiten kann.

»Da haben Sie's«, fuhr Aloisi nach einem kurzen Moment fort. »Ein Notar dagegen bürgt mit seinem Privatvermögen. Das heißt, wenn ich eine Immobilie erwerbe und dabei Probleme auftreten, die dem Notar anzukreiden sind, dann ist der Notar persönlich verpflichtet, mir den Kaufpreis zurückzuerstatten, bis auf den letzten Cent.«

»Verstehe«, sagte Gino und schickte sich an, zumindest ein Stückchen Terrain zurückzuerobern. »Aber dass für eine Wohnung, die hundertfünfzigtausend Euro wert ist, gleich eine Gebühr von zwei- oder dreitausend anfällt ...«

»Dann sollten Sie in den USA investieren«, sagte Aloisi. »Da haben Sie keinen unparteiischen Notar, der für Fehler haftet, und müssen einen Rechtsanwalt beauftragen. Der überprüft dann genau dieselben Dinge, nur dass er ungefähr die doppelte Summe verlangt. Außer natürlich Sie schließen den Handel auf Vertrauensbasis ab und erwerben für den Preis einer Palladio-Villa eine Hütte am Fluss, die vielleicht noch nicht einmal dem Verkäufer gehört. Das kommt gar nicht so selten vor. Um Ihnen das mal zu veranschaulichen: Zur Zeit der Bankenkrise im Jahr 2009 stellte sich heraus, dass etwa eine Million Darlehensverträge in betrügerischer Weise erlangt worden waren, auf Grundlage gefälschter Grundbuchauszüge. Können Sie mir folgen?«

Rimediotti sah wenig überzeugt aus. Sein Gesichtsausdruck schwankte zwischen »Extrem zweifelhaft« und »Ich habe gerade in eine Zitrone gebissen«.

»Also, ich glaube immer noch, dass da was faul ist.«

»Ich schon auch«, versetzte der Notar. »In Italien jagt ein Skandal den nächsten. Damit in Verbindung gebracht werden Politiker, Industrielle, Richter, Kardinäle und Kronprinzen. Aber ist Ihnen auch nur ein einziger Fall in Erinnerung, in den ein Notar verwickelt gewesen wäre?«

Stille. Diesmal endgültig.

Der einzige Mensch auf der Welt, der in der Lage war, die Alten zum Schweigen zu bringen.

Für Massimo ein Grund mehr, ihn zu beneiden.

Zwei

»Gestatten Sie?«

Ach ja. Du hast mir gerade noch gefehlt.

In Unkenntnis von Massimos Reaktion hatte sich ein Mann mit einem runden, jovialen Gesicht zur Glastür hereingebeugt und betrat jetzt die Bar, ohne eine Antwort abzuwarten. Aus einem Abstand, der nach Auffahrunfall schrie, folgte ihm eine zweite Gestalt, die überhaupt nichts Joviales an sich hatte.

»Ja, da schau her, Bertelloni! Komm doch rein, Bertelloni, auf dich haben wir gewartet«, empfing ihn Ampelio wie der wahre Herr des Hauses.

Doch, doch.

»Na, dann nehme ich doch kurz mal Platz«, sagte der andere mit einem Schritt auf die Viererbande zu und machte seine Ankündigung auch gleich wahr. »Was zum Trinken nehme ich auch. He, Massimo, du entscheidest doch immer für alle, was kriege ich?«

Von mir aus gern eine Lungenentzündung. Eine doppelte, versteht sich.

Von allen denkbaren Quälgeistern in Pineta und Umgebung stellte das Duo Bertelloni-Menotti, seit Massimo die Bar eröffnet hatte, eine der gefürchtetsten Bedrohungen dar. Hauptsächlich wegen des tonangebenden Elements: Evaristo Bertelloni, 59, von Beruf Metzger, gutmütige Ausstrahlung und von Natur aus optimistisch; wobei einer, der in einem Strandbad eine Metzgerei führt, zwangsläufig Optimist sein muss. Im Übrigen hatte Massimo ihn noch nie ohne seinen treuesten Begleiter gesehen, Brunero Menotti, 58, von Beruf Freund Bertellonis, ein schweigsamer Mann mit dauerhafter Leidensmiene, deren Ursache keiner kannte, vielleicht waren es Magenprobleme, vielleicht ein natürlicher Hang zur Melancholie, vielleicht auch der Umstand, dass er fortwährend den Reden seines Intimus ausgesetzt war. Denn Bertelloni bekam einfach den Mund nicht zu.

Nicht dass er ein Dummkopf gewesen wäre, im Gegenteil. Es verhielt sich schlichtweg so: Völlig unabhängig vom Thema, ob es nun um die bürgerliche Mitte ging oder um einen Mittelstürmer – sobald Bertelloni das Wort ergriff, war es vorbei. Der Gesprächspartner wurde bis zur Erschöpfung mit einem wahren Wust von Sätzen überschüttet. Menotti sorgte für die rhythmische Untermalung, indem er die Sprechpausen des Freundes mit wenigen resignierten Einsilbigkeiten füllte.

Zum Glück ließ Bertelloni sich nur sporadisch in der BarLume blicken, was dem Umstand zu verdanken war, dass er ein gut gehendes Geschäft besaß und sich bisher nicht entschließen konnte, in den Ruhestand zu treten. Doch früher oder später würde es so kommen, und diese Aussicht versetzte Massimo in Angst und Schrecken.

»Ich würde um diese Uhrzeit einen Espresso nehmen«, sagte Massimo. Und dann die Kurve kratzen, vielleicht hast du ja noch zu tun. Wobei ich mir da keine großen Hoffnungen mache, so wie du dich auf den Stuhl geflätzt hast.

»Ja, dann mach mir einen schönen Espresso, bravo. Und

danach bringst du mir noch einen kleinen Cognac.« Bertelloni machte es sich auf dem Stuhl gemütlich, der das mit einem Knarren quittierte. »Für ein halbes Stündchen kann der Laden ruhig zu bleiben, meine Schäfchen habe ich seit heute Vormittag im Trockenen.«

»Stimmt«, pflichtete Menotti bei, seiner Rolle als Laienbruder treu.

»Was war denn los, hattest du einen amerikanischen Touristen da?«

»Nein, nein, das bleibt alles schön bei uns. Du kennst doch die Tante aus dem Agriturismo drüben an der *Donau*?«

»Wen, die Frau vom Benedetti?«, fragte Rimediotti.

»Na ja, Frau«, antwortete Bertelloni achselzuckend. »Angeblich sind die beiden geschieden, hast du vielleicht auch gehört. Zusammen wohnen tun sie noch, aber nach dem, was man so hört, sind sie geschieden.«

»Na so was, darüber haben wir uns erst gestern unter...«

»Aber weißt du, warum das so ist?«, fuhr Bertelloni fort und legte eine bedeutungsschwere kleine Pause ein. »Weil er davor, als sie noch in Umbrien gewohnt haben, einen Haufen Schulden hatte. Habe ich dir doch mal erzählt, das mit seinen Schulden, oder?«

»Mhm«, bestätigte Menotti so lakonisch wie wehmütig.

»Und da hat er eben durch die Scheidung das Haus auf die Frau übertragen.« Bertelloni machte eine weitere speicheltriefende Pause. »Da hat er also einen Haufen Schulden, und angeblich wollten sie ihm schon das Haus wegpfänden, aber das können sie jetzt nicht mehr, verstehst du?«

»Ja, tue ich. Ich bin doch nicht er«, sagte Ampelio mit einer Handbewegung in Richtung Menotti. Davon ermutigt, dass er ausnahmsweise einmal nicht als der Dümmste im Raum dastand, versuchte Rimediotti sich ins Gespräch einzumischen:

»Stell dir vor, gerade gestern war der Notar Aloi…«

»Jedenfalls«, fuhr Bertelloni ungerührt fort, »schneit die heute Morgen bei mir rein und sagt: Evaristo, meine Gäste wollen heute Abend grillen. Hättest du mir was Ordentliches, das man schön auf den Rost legen kann? Für fünfzehn Personen, vielleicht auch zwanzig.«

»Allmächtiger!«, rief Ampelio. »Haben die Platz für so viele Leute?«

»Ach was, noch nicht mal, wenn du sie im Butterfass stampfst«, meldete sich Pilade zu Wort. »Ich habe die Katastereinträge höchstpersönlich vorgenommen, und das sind drei Doppel- und ein Dreierzimmer. Entweder er lässt ein paar Leute draußen schlafen, oder er zählt die Hühner als Abendessensgäste.«

»Kann ich mir kaum vorstellen«, sagte Aldo. »Die Frau soll ja so was von geizig sein …«

»Ha, das stimmt«, pflichtete ihm Ampelio nachdenklich bei. »Die würde noch Mücken die Haut abziehen, um sich daraus ein Kleid zu schneidern. Wie viele Steaks hat sie denn gekauft für ihre zwanzig Personen, eins oder zwei?«

»Nein, zehn. Jedes ein Kilo schwer«, antwortete Bertelloni, während hinter ihm Menotti feierlich den Kopf wiegte.

»Allmächtiger!«, wiederholte Ampelio. »Zehn Kilo Fleisch für zwanzig Personen?«

»Hat er doch gesagt, dass er seine Schäfchen für heute im Trockenen hat«, antwortete Pilade und wedelte mit der Rechten in Richtung Bertellonis. Einer Hand, die übrigens auch auf dem Metzgertresen nicht schlecht ausgesehen hätte.

»Das ist noch nicht alles«, fuhr der andere mit einem boshaften Lächeln fort. »Die wollte auch noch anderthalb Kilo Schweinerippchen und zwei Dutzend Würste, Evaristo, das muss mindestens eine pro Kopf sein, ja? Und zwei große Schweinesteaks, vielleicht hat das ja jemand lieber. Braucht's noch was mehr?«

»Tja, ich weiß nicht, was die braucht«, bemerkte Ampelio kopfschüttelnd. »Ich kann das gar nicht mit anhören, für arme Leute ist das doch ein Schlag ins Gesicht. Stell dir vor, was die da alles wegschmeißen. Wer soll das ganze Zeug denn essen, Mensch ...«

»Ach, vielleicht verbringen sie den Tag am Meer, da kann man abends schon Hunger haben«, sagte Rimediotti entschuldigend.

»Ja, wie reizend. Sie fahren an den Strand und kriegen Hunger. Und wenn sie zur Abwechslung mal arbeiten müssten, was wäre dann, schieben sie dann einen Elefanten in die Röhre? Strand, dass ich nicht lache, bei mir kam der Hunger vom Buckeln mit der Schaufel und der Spitzhacke! Und daheim gab's dann sicher kein Steak. Brot und Zwiebeln. Nicht viel Brot, und Zwiebeln massenhaft.«

»Tja, das sieht man«, antwortete Aldo. »Bist ganz schön säuerlich geworden. Und weißt du was? Man kann Fleisch sogar im Kühlschrank aufbewahren.«

»Na eben«, sagte Bertelloni mit Nachdruck. »Ich glaube, die frieren einiges ein.«

»Worauf willst du hinaus?«

»Ich schätze, nach all den Gerüchten wollen sie wahrscheinlich zeigen, dass das gar nicht stimmt mit den Schulden oder den angeblichen Problemen. Die wollen zeigen, dass es ihnen gut geht, dass sie Gäste haben, dass der Agriturismo voll besetzt ist und Leute zum Essen kommen und so. Soll halt keiner denken, dass sie aus dem letzten Loch pfeifen. Bei all den Aasgeiern, die unterwegs sind. Stimmt's oder habe ich recht?«

»Und ob«, bestätigte Menotti.

»Na, wie steht's, heute Abend?«

Aldo nickte, ohne den Kopf von seinem Notizbuch zu heben und ohne allzu große Überzeugung. Um ihn herum brodelte es im Bocacito, einem Lokal im Zenit seines Glanzes und Fassungsvermögens. Sämtliche Tische waren besetzt. Bis auf einen.

»Besser.«

Massimo sah sich um. Einen Moment lang folgte er Tiziana mit dem Blick, die sich so geschwind wie anmutig zwischen den Tischen bewegte.

»Besser? Im Sinn von ›Besser, als ich erwartet hätte‹ oder im Sinn von ›Besser, Sie bringen mir einen Eimer, ich muss kotzen‹? Deiner Miene nach, ehrlich gesagt ...«

»Ich habe den Film auch gesehen, fang also nicht an, die Witze abzukupfern. Nein, besser, als ich erwartet hätte. Sehr viel besser sogar.«

»Was hast du dann?«

»Es gibt da ein paar Sachen, die mir nicht gefallen.«

»Bloß ein paar? Du Glückspilz.« Massimo machte wieder ein ernstes Gesicht. »Aber im Ernst, worum geht's?«

»Nummer eins sitzt da drüben.«

Aldo wies mit einer Kopfbewegung auf den kleinen Tisch am Fenster, wo ein verlegen wirkender Marchino Tizianas

Dahingleiten zwischen einer Bestellung und der nächsten verfolgte.

»Aha. Na und? Das ist doch ein Gast wie jeder andere.«

»Nein, das ist kein Gast wie jeder andere. Das ist Marchino.«

»Gut, du hast recht. Er ist kein Gast wie jeder andere. So was kommt vor. Das ist normal.«

»Nein, das ist nicht normal. Wenn Tiziana Buchhändlerin wäre, würde der Typ glatt das Lesen anfangen.« Aldo schüttelte den Kopf. »Jetzt ist Tiziana hier angestellt, und da kommt er halt acht Tage die Woche zum Abendessen. Meinst du nicht auch, dass das böse ausgehen könnte?«

»Könnte. Könnte. Gibst du mir mal die Speisekarte? Da, schau.« Massimo fing an vorzulesen, im Tonfall eines Maître. »Seebarsch-Mousse mit Bergamottöl auf knusprigen Blättern vom lila Ofenkartoffelpüree, 18 Euro. Riesengarnelen auf einer Creme aus Zolfini-Bohnen und angebräuntem Sesam, 18 Euro. Cavatelli aus geröstetem Hartweizen mit Seeteufel, 20 Euro.« Massimo klappte die Speisekarte mit einem weichen Schnalzen wieder zu. »Und so weiter, und so fort. Was macht Marchino beruflich?«

»Der war bei einer Firma, die Fenster und Türen herstellt. Aber seit sechs Monaten ist er anscheinend arbeitslos.«

»Na, siehst du. Da endet gar nichts böse.«

»Ich finde, du nimmst die Sache zu sehr auf die leichte Schulter.«

»Ganz bestimmt. Und Nummer zwei?«

»Was?«

»Du hast gesagt, dir würden hier ein paar Sachen nicht gefallen.«

»Ach ja. Aber ›nicht gefallen‹ stimmt nicht, ich verstehe

es nur nicht. Siehst du die vier dort hinten an dem Tisch unter dem Tavarelli?«

Massimo drehte sich um. Besagter Tavarelli, ein großes Ölgemälde, zeigte ein halb überschwemmtes Städtchen, dessen eigentlicher Titel *Das Hochwasser von '66* lautete. Massimo hatte es allerdings mit einem provisorischen Schild ausgestattet, auf dem der Satz zu lesen war: »Ich hatte gerade den Wasserhahn aufgedreht, um ein Bad zu nehmen, da klingelte das Telefon.« Unter dem Bild saß eine Gruppe von vier Personen, zwei Männer und zwei Frauen hörbar teutonischen Ursprungs, die sich mit entspannter Miene unterhielten – anscheinend hatten sie noch ihren halben Urlaub vor sich.

»Ja, ich sehe sie. Wenn ich mir die Sprache so anhöre, dann haben die durchaus das Geld, um jeden Abend hier essen zu gehen. Da sind sie zwar die Einzigen in Europa, aber das passt schon.«

»Weißt du, woher sie kommen?«

»Na, entweder sind es Deutsche oder es sind Österreicher…«

»Die kommen von der *Donau*. Von der auf Benedettis Grundstück.«

»Verstehe. Na gut. Da ist es doch plausibel, dass sie jeden Abend hier aufkreuzen, oder?«

»Nein, Massimo, ich habe mich nicht klar genug ausgedrückt. Weißt du noch, was Bertelloni heute Vormittag erzählt hat? Dass Benedettis Frau ein ganzes Rind gekauft hat, weil sie heute Abend grillen wollten?«

»Ach ja. Na, vielleicht sind sie Vegetarier.«

»Und dann kommen sie hierher? Nein, das Problem liegt anderswo. Ich kann ein bisschen Deutsch, das habe ich auf

Kreuzfahrtschiffen aufgeschnappt. Wenn ich das vorhin richtig verstanden habe, sind sie heute Abend da, weil drüben bei Benedetti noch nichts auf dem Tisch stand.«

»Interessant. Und was heißt das jetzt, willst du Benedetti einen Catering-Service anbieten?«

»Nein, ich wüsste nur gern, was passiert ist.«

»Ich habe mir schon Sorgen gemacht. Und was hast du sonst noch so vor?«

Aldo warf Massimo einen gleichmütigen Blick zu.

»Meine Arbeit machen. Mich um die Gäste kümmern. Also auch mit ihnen plaudern, mich erkundigen, ob's ihnen schmeckt und ob sie ihren Urlaub genießen. Übrigens kann einer von den Teutonen ganz gut Italienisch.« Aldo hielt eine Handfläche nach oben. »Dem macht es doch Freude, vor seinen Freunden einen Plausch mit dem Wirt zu halten.«

»Das gehört dazu, was?«

»Genau. Das gehört dazu. Meine Aufgabe ist, mich um die Gäste zu kümmern. Dein Reich ist die Bar. Oder genauer, *il barre*, wie ihr das nennt, du und die anderen Grobklötze. Dann mach's mal gut.«

Drei

»So, sieben und drei macht zehn.«

»Und eins wäre elf«, setzte Pilade noch einen drauf. »Jetzt bin ich neugierig, wie du eine *scopa* hinbekommst. Wenn deine Dame keinen Braten in der Röhre hat ...«

»Das heißt schwanger sein«, meldete sich Tiziana von hinter dem Tresen. »Oder wenn Sie sich fein ausdrücken wollen, in anderen Umständen.«

»Was soll das denn bedeuten?«, gab Ampelio zurück. »Ich schätze Frauen unter allen Umständen. Schöne Frauen, versteht sich. Für die Hässlichen darf sich gern wer anders interessieren.«

In gespielt beleidigtem Ton konterte Tiziana: »Ich wüsste ja gerne, wie eure Frauen es mit euch aushalten.«

»Also, vor allem halte ich es mit ihnen aus«, schaltete sich Massimo ein, während er eine Kreuz-Fünf abwarf. »Die Jungs wohnen doch geradezu hier.«

»Das ist ja das Erfolgsrezept«, gab Pilade seelenruhig zurück. »Kannst du dir vorstellen, wie es für Ginos Frau wäre, wenn er den ganzen Tag daheim hocken und ihr auf die Nerven fallen würde? Das Geheimnis einer glücklichen Ehe, liebe Tiziana, liegt darin, gerade so viel zusammen zu sein, wie es passt. Weder zu viel, noch zu wenig. Wenn man jemanden ständig um sich hat, geht er dir früher oder später garantiert auf den Geist.«

»Wechseln wir lieber das Thema.« Tizianas Ton nahm eine säuerliche Note an. »Aber wo wir's schon vom Aushalten haben, Massimo, könntest du ausnahmsweise mal aufhören, deinen Großvater auszuhalten? Ich meine: Wenn die Runde vorbei ist, würdest du dann bitte die Zockerei lassen und mir helfen kommen, danke?«

»Dein Wunsch ist mir Befehl«, sagte Massimo und legte die Karten auf den Tisch. »Ach, da kommt ja schon der vierte Stammspieler von der Bank.«

Tatsächlich zeichnete sich durch die Glastür die große, schlaksige Gestalt Aldos ab, der geradewegs auf die Bar zusteuerte, im Mund eine Zigarette, die er zur Abwechslung mal bei jemand anderem geschnorrt haben musste. Allerdings trat er sie vor der Eingangstür aus – schließlich war er Teilhaber der Bar und musste Bußgelder gegebenenfalls anteilig bezahlen. Beim Eintreten grüßte er in die Runde.

»Schönen Tag allerseits. Wieso seid ihr hier drin?«

»Wir wollten ein bisschen Karten spielen, und Massimo wollte unbedingt in der Bar bleiben«, erklärte Pilade.

»Recht so, Partner«, sagte Aldo beifällig. »Bist dir deiner eigenen Rolle bewusst, respektierst aber auch die Bedürfnisse der Kundschaft. Aber ich persönlich fände es um diese Uhrzeit unter dem Baum gemütlicher. Was meint ihr?«

Na, keine Frage. Ein schneller Prothesenwirbel, und die drei sind auf den Beinen. Unter der Ulme sitzt sich's einfach viel besser.

»Also, die Teutonen haben mir zwei interessante Sachen erzählt«, erklärte nun Aldo, während ihm Massimo einen

Espresso mit einem Schuss Sambuca hinstellte. »Erstens waren sie gestern zum Abendessen da, weil Benedetti ihnen gesagt hat, das sei hier das beste Restaurant im Städtchen, das einzige, das diesen Namen verdient.«

»Das interessiert mich null«, warf Ampelio ein. »Ich esse sowieso zu Hause, Gino genauso, und Pilade kümmert es nicht, wo er was zu essen kriegt. Uns also völlig egal, wie toll dein Restaurant ist.«

»Zweitens«, fuhr Aldo mit betont würdevoller Gleichgültigkeit fort, »sind sie gestern nicht zum Abendessen im Hotel geblieben, weil es dort kein Abendessen gab. Da wurde nicht gegrillt, da lag kein Fleisch auf dem Rost, rundum Fehlanzeige. Und weißt du, warum sich keiner um das Essen gekümmert hat?«

Die Frage war offensichtlich rhetorisch gemeint, und Aldo legte erst mal eine lange Kunstpause ein und zündete sich eine Zigarette aus dem Päckchen an, das er am selben Morgen gekauft haben musste. Das allein schon deutete darauf hin, dass es etwas zu erzählen gab. Aldo kaufte sich ausnahmslos dann Zigaretten, wenn eine außerordentliche Senatsversammlung anstand.

»Weil Signora Vanessa gestern Abend nicht nach Hause gekommen ist.«

Ach. Seltsam.

»So ist es, meine Herren, sie ist nicht nach Hause gekommen. Erst hat sie beim Metzger einen Einkauf gemacht, dass es für die Löwen im Zoo von Pistoia gereicht hätte, und dann hat sie sich nicht zu Hause blicken lassen und schon gar nichts vorbereitet.«

Sehr seltsam.

»Das ist noch nicht alles«, fuhr Aldo fort, nachdem

er einen besonders genüsslichen Zug genommen hatte. »Heute Morgen auf dem Weg ins Städtchen sind mir die Teutonen schon wieder über den Weg gelaufen. Wir haben also ein paar Höflichkeiten ausgetauscht. *Freut mich, Sie wiederzusehen, wie geht's immer, hat's Ihnen gestern geschmeckt, beehren Sie uns doch heute Abend wieder, wäre mir eine Freude, und wie geht's Ihnen, Signora?* Und wisst ihr, was sie mir da erzählt haben?«

»Mensch Aldo, du machst mich ja ganz kirre«, sagte Pilade ungeduldig. »Was haben sie erzählt, dass sie tot ist?«

»Könnte schon sein«, antwortete Aldo knapp. »Jedenfalls war sie heute Morgen noch nicht wieder zurück. Das Frühstück hat der Mann zubereitet, von der Frau keine Spur.«

Die vier wechselten vielsagende Blicke, eine Anstrengung für ihre alten Augen, doch auch ein Zeichen ihrer wilden Entschlossenheit.

Ohne dass ein einziges Wort gesagt worden wäre, stand Pilade auf, was er ja nur im äußersten Notfall tat, und zog das Handy aus der vorderen Hosentasche, eine Geste, die im Sitzen schlicht undenkbar gewesen wäre. Dann drückte er mit dem Zeigefinger eine Taste und hielt sich das Gerät ans Ohr.

»Hallo, Vilma? Ja, ich bin's, wer sonst? Wenn das Telefon klingelt, bin's entweder ich, oder der Papst hat sich verwählt. Pass auf, kennst du zufällig jemanden, der an der *Donau* wohnt? Ja, in der Nähe vom Agriturismo. Aha. Und wer ist das? Verstehe.« Pilade sah die anderen an, mit hochgezogenen Augenbrauen. »Nein, du könntest mir einen Gefallen tun. Kannst du sie fragen, ob sie gestern Abend gesehen hat, wann die Hotelwirtin nach Hause gekommen ist? Nein. Ich? Mir wär's unangenehm, sie anzurufen, wir sind doch noch nicht mal verwandt. Sie ist deine Cousine, da kannst du sie auch anrufen. Nein, keineswegs, es ist nur ...«

Es folgte ein längerer Monolog von Vilma Del Tacca – wenn der Mann für drei wiegt, kann auch die Frau für drei reden. Das erlaubte ihr in diesem Fall, einiges klarzustellen:

a) Sie und ihre Cousine Palmira hätten schon seit zwei Jahren keinen Kontakt mehr, da habe nämlich ihre Nichte Anna Maria geheiratet, und die Brautleute hätten ihr, Vilma, noch nicht mal eine Karte geschickt, und dabei habe sie ihnen doch extra ein Geschenk gekauft, ein ganz süßes Porzellankännchen mit William und Kate von England drauf, das habe sie sich eigens aus London mitbringen lassen, und da musste es eben bei Graziellas Hochzeit zum Einsatz kommen, ich fand ja, es wäre auch was für unseren Frühstückstisch, aber du hast gesagt, dass es dir schon reichen würde, wenn jeden Morgen ich da bin, und wenn du dann noch auf nüchternen Magen dieses grässliche Ding sehen müsstest, wäre alles zu spät.

b) Die zwei mit ihrem Agriturismo haben mir noch nie gefallen, die sind geschieden und wohnen immer noch unter einem Dach, und Leute steigen bei denen ab, letztes Jahr sollen zwei Männer ein Doppelzimmer gehabt haben, wenn ich da mitzureden hätte, würden die unter der Brücke schlafen, dass ihnen die frische Luft die Flausen aus dem Kopf bläst.

c) Wenn du heimkommst, sei so gut und hol einen ordentlichen Anzug aus dem Schrank, weil wenn du weiter in der Bar herumhängst und deine Nase in anderer Leute Angelegenheiten steckst, bringt dich früher oder später einer um, und da möchte ich dann schon wissen, was ich dir anziehen soll für die Beerdigung, nimm welchen du willst, zu groß wird er dir sicher nicht sein.

Pilade ließ all das über sich ergehen und legte mit einer gewissen Erleichterung auf.

»Hast du ein Ass oder eine Drei?«

»Ich habe schon was, was Punkte bringt.«

»Das freut mich. Ich hätte aber gern was ganz Hohes.«

»Und ich wäre gern der Sultan von Brunei«, sagte Pilade.

»Na komm schon, trau dich«, sagte Rimediotti mit lauerndem Blick.

»Übergroßes Vertrauen hat schon manchen ins Grab gebracht«, entgegnete Pilade, während er alles andere als überzeugt eine Karo-Drei ausspielte. Eine Drei, die sitzenden Fußes von Aldo geschnappt wurde, indem er seinerseits ein Karo-Ass auf den Tisch warf.

»Darauf warte ich seit zwei Stunden«, sagte er und hob den Stich sorgfältig auf.

»Wenn's nach mir gegangen wäre, hättest du noch lange warten können«, antwortete Pilade mit einem Seitenblick zu Ampelio.

»Was schaust du mich da an? Ich hatte dich nach einem Ass oder einer Drei gefragt und nicht nach Karo«, rechtfertigte sich Ampelio. »Aber klar, so wie du aussiehst, muss man ja damit rechnen, dass du Karo spielst.«

Wenn hier einer komisch aussieht, dann bist das du, funkelte es in Pilades Blick; aber bevor er sich auch verbal äußern konnte, begann das Handy auf dem Tisch zu vibrieren und sich mit rhythmischer Ungeduld um sich selbst zu drehen.

»Ja?«, sagte Pilade, der sich reflexartig aus dem Stuhl gestemmt und das Telefon ans Ohr gehalten hatte.

Und dann sagte er gar nichts mehr.

»Und?«

»Also, das ist eine üble Geschichte.«

Bevor Pilade weitersprach, nutzte er den Umstand, bereits zu stehen, um ein weiß-blau kariertes Taschentuch hervorzuziehen und sich den Schweiß von der Stirn zu wischen.

»Punkt Nummer eins, angeblich liegen Benedetti und seine Frau seit ein paar Wochen im Dauerstreit. Oder sagen wir, Streit trifft es nicht genau: Sie ist diejenige, die ihm alles Mögliche an den Kopf geworfen hat. Die ihn behandelt wie den letzten Dreck.«

»Und wieso?«

»Angeblich wegen dieser Sache mit der Schein-Trennung. Das soll alles seine Idee gewesen sein, sie soll sich nur dazu hergegeben haben, und dann ging alles den Bach runter.«

Wenn man in unseren Breiten einer noch so vagen Behauptung den Status einer absoluten Wahrheit verleihen will, so wird stets die unpersönliche Form gewählt.

Angeblich und soll.

Laut Grammatikbüchern bedeutet das, dass eine Aussage niemand Bestimmtem zugeschrieben werden kann. In der Bar bedeutet es schlicht: Da haben wir's. Herrscht halt nicht überall derselbe Jargon. Im Übrigen spielt unsere Geschichte an einem Ort, an dem der höchste Ausdruck von Zustimmung seitens des Gesprächspartners darin besteht, das Gesagte mit einem ›Kann schon sein‹ zu quittieren. Willkommen in der Toskana, auch bekannt als die Heimat des Zweifels: ein Landstrich, dessen Bewohner dazu neigen, jedes einzelne deiner Worte infrage zu stellen, selbst wenn du von deiner Katze sprichst.

»Verstehe. Was ist Punkt Nummer zwei?«

»In der Nacht, in der Benedettis Frau verschwunden ist, wurde angeblich unten an der *Donau* sein Auto gesehen.«

»Was heißt das?«

»Wie, was heißt das? Jemand soll Benedettis Auto unten am Bewässerungsgraben gesehen haben, mit offenem Kofferraum.«

Kurzes Schweigen, während im Hintergrund leise Gewinde und Zahnräder rattern.

»Was für ein Auto hat Benedetti?«

»Pff, so ein neues, ich glaube, einen Japaner …«

»Er hat einen Yaris«, sagte Aldo. »Einen wie den da, schau.«

Die Alten drehten langsam und koordiniert das Periskop, Aldos Blick folgend wie in einer Tai-Chi-Stunde. Während der kirschrote Kleinwagen vor der Bar zum Stehen kam, trat Massimo mit dem vollen Tablett an den Tisch.

»Bitte, die Herrschaften, ein hübscher Aperitif vor dem Apfelpüree. Also, da wäre ein Prosecco für Rimediotti, Fernet für den Herrn Opa, Mineralwasser für Del Tacca und ein Alkoholfreies für Aldo, denn der muss ja nachher noch arbeiten. Was ist, habe ich was vergessen?«

»In gewisser Weise ja …«, sagte Aldo.

Massimo, dem klar wurde, dass aus irgendeinem Grund seine Anwesenheit gefragt war, blieb schweigend stehen.

Nach einigen Sekunden durchbrach Rimediotti das Schweigen.

»Sag mal, Massimo, du verstehst doch etwas von Mathematik …«

»Jawoll«, antwortete Massimo in der Erwartung, sich in einen Streit über den Punktestand verwickelt zu sehen.

Doch anstatt auf den Tisch zu zeigen, deutete Rimediotti auf den Wagen, der am Bordstein gehalten hatte.

»Wenn du dir den Kofferraum dort anschaust, was glaubst du, passt da eine Leiche rein? Also unzerstückelt?«

Vier

Das Verbreiten von Informationen erfolgt hauptsächlich durch flüchtig Bekannte.

Diese Aussage, auch als Basistheorem der Gerüchteküche (oder BTG) bekannt, bildet den Kern der komplexen Theorie des Klatsches, und dies in seiner Gänze zu erfassen ist für jeden von grundlegender Bedeutung, der sich effizient um fremde Angelegenheiten scheren will.

Das BTG besagt Folgendes: Kümmern wir uns alle nur um die Angelegenheiten unserer engsten Freunde, und unsere Bekannten halten es ebenso, dann muss das, was kolportiert wird, früher oder später in einem geschlossenen, eingeschränkten Kreis versacken. Wenn ich ein guter Freund von Emo bin und Emo ein guter Freund von Ivo, so ist Ivo höchstwahrscheinlich auch mit mir befreundet oder mit jemandem, den ich gut kenne. Auf diese Weise verbreitet sich eine Nachricht nur mühselig, in Kreisen und Spiralen, sie springt vor und zurück und läuft sich selbst hinterher. Im schlimmsten Fall überschreitet sie niemals die Grenzen unserer engsten Kontakte, und wo bliebe da der Spaß.

Die wahren Profis des Kneipentratschs wissen genau: Um eine Bosheit gleich welcher Art rasch zirkulieren zu lassen, ist es erforderlich, sie unter Leuten zu verbreiten, die man flüchtig kennt und mit denen man sich nur gelegentlich trifft. Beim oberflächlichen Austausch ist ja auch wunderbar zu spüren, dass wir alle dieselben Probleme haben, der eine mehr, der andere weniger.

Aus diesem Grund ist eine italienische Bar ausgesprochen hilfreich beim Verbreiten von Gerüchten. Es gehen ja alle möglichen Leute in die Bar, den, wenn wir ehrlich sein wollen, einzigen wirklich demokratischen Ort in unserem Land. Vom Dozenten bis zum Maurergesellen, vom Anwalt bis zum Enterbten, hier sind sie alle gleich, und wie lange jemand auf seinen Espresso warten muss, auf ein Cornetto oder die *Gazzetta dello Sport*, das richtet sich nicht nach seiner gesellschaftlichen Stellung.

Derlei scheinbar zusammenhanglose soziologische Erwägungen sind doch grundlegend für das Verständnis einer schlichten Tatsache: Am nächsten Morgen wussten alle im Städtchen, dass Benedetti seine Frau ermordet und die Leiche im Bewässerungsgraben entsorgt hatte.

Und wenn wir hier alle sagen, dann meinen wir auch wirklich alle.

»Also, Massimo, mach mir bitte zwei *shakerati* und einen Eistee mit …«

»Soooofort.«

Während Tiziana zurück hinter den Tresen ging, brachte Massimo eilends die Maschine in Gang. Der Eistee – kalter Grüntee mit einem Löffel Zitronengranita – war als Letztes dran, sonst würde das Eis aus der Granita schmelzen, und dann gute Nacht. Während er den Siebträger in der Schublade ausklopfte – eine der Verrichtungen, die ihm bei der Arbeit am meisten Vergnügen bereiteten –, hörte er Tiziana sagen:

»Mach besser erst einen Cappuccino.«

»Was soll daran besser sein?« Massimo sprach weiter, während er den Filter unter die Kaffeemühle hielt und mit dem Nagel des Zeigefingers zweimal gekonnt dagegen tippte. »Ein Cappuccino sollte niemals den Vorzug vor einem Espresso bekommen. Oder vor sonst irgendetwas. Natürlich mit Ausnahme von zwei Tritten in die Fresse. Sonst nehmen die Leute schlechte Gewohnheiten an und glauben, sie könnten das Zeug ständig bestellen.«

»Also, ich hab's dir gesagt.«

Massimo, noch immer den Siebträger in der Hand, drehte sich um.

Auf der anderen Seite der Glastür zeichnete sich die schlanke Gestalt von Kommissarin Alice Martelli ab. Sie trug ein luftiges, mit arabischen Motiven bedrucktes Kleid, hervorragend abgestimmt auf die maurischen Stickereien der Satinpantöffelchen, die ihre Füße umschmeichelten. Weniger gelungen dagegen die Kombination mit dem wutverzerrten Gesicht am anderen Körperende.

Während die junge Frau näher kam, hielt Massimo reflexartig das Milchkännchen unter die Aufschäumdüse.

Die Neukommissarin Martelli war vor nunmehr zwei Jahren ins Städtchen gekommen, um Vinicio Fusco zu ersetzen, dem man keine allzu großen Tränen nachgeweint hatte, als er zum Vizepräsidenten der Polizei von Mantua befördert worden war. Massimo wusste nur ein paar Dinge von ihr: Sie stammte aus Elba, hatte nicht nur einen Abschluss in Wirtschaft, sondern auch einen in Physik, und sie war Single. Daneben hatte er sich einige wenige, aber durchaus bedeutsame Tatsachen erschlossen: dass sie etwas im Kopf hatte, dass sie mit dem Tempo eines Springflohs die Stimmung zu wechseln vermochte und ihre Droge Cappuccino hieß. Die beiden letztgenannten Aspekte ließen es an manchen Tagen ratsam erscheinen, ihre Bestellung gar nicht erst abzuwarten, sondern unverzüglich die Dosis Milchschaum hinzustellen, die sie brauchte.

Trotz eines zweifellos verbesserungsfähigen Beginns – Massimo hatte die frisch eingetroffene Kommissarin versehentlich aufgefordert, sich an Praktiken von zweifelhaftem Geschmack zu beteiligen –, waren die beiden einander recht sympathisch. Eine Sympathie, die sich zu Massimos Missfallen auch auf Ampelio und die anderen drei erstreckte. In der Tat waren Neu und Alt eine prompte Allianz eingegangen, und die lustige Bande hatte sich zusammen mit Massimo munter bei der Lösung der ersten Fälle engagiert, die der neuen Kommissarin zwischen die Rockschöße geraten waren. Ohne Wissen des Enkels/Barbesitzers hatten die Alten dabei Alice so manches wichtige Detail aus dem Leben unseres Freundes anvertraut, unter anderem warum Massimos Nachname Viviani lautete, wie der seines Großvaters mütterlicherseits.

»Schöner Tag, nicht wahr?«

»Gestern vielleicht.«

Massimo zeigte ohne ein weiteres Wort auf die Vitrine mit den Cornetti und sah die Kommissarin fragend an. Die schüttelte den Kopf.

»Nein, das lasse ich heute besser bleiben. Mich drückt ein bisschen der Magen.«

Und dagegen trinkst du erst mal einen Cappuccino?

»Verstehe. Ärger bei der Arbeit?«

Die junge Frau tauchte die Lippen in den Schaum und nickte zurückhaltend. »Ja, hauptsächlich.«

Just in diesem Moment trat Ampelio aus dem Billardzimmer, das Queue in der Hand und auf dem Kopf die Baskenmütze, und das bei sechsundachtzig Grad Fahrenheit.

»Massimo, hättest du mir mal ... Oh, die Anmut des Gesetzes!«, sagte Ampelio mit einem Grinsen, das seinen Zahnersatz voll erglänzen ließ. »Und, habt ihr ihn eingebuchtet?«

Die junge Frau drehte sich langsam um und schenkte Ampelio einen etwas trüben Blick.

»Mir ist nicht ganz klar, wen Sie da meinen.«

»Wieso, glauben Sie, er hatte Komplizen?«

Die Kommissarin sah Massimo in die Augen.

»Würde es dir was ausmachen, wenn ich das Gespräch ins Billardzimmer verlagere?«

»Überhaupt nicht. Weißt du was – ich komme gleich mit. Tiziana, wenn du mich brauchst, sagst du Bescheid, ja?«

Anders als von Massimo erwartet, verzog Tiziana keine Miene.

»Ja, Massa. Chef ruhig gehen, ich um alles kümmern.«

»So, Jungs, wir müssen mal Klartext reden.«

Wie sie da mit übergeschlagenen Beinen auf dem Billardtisch saß, als wollte sie über das Metaphorische hinaus kenntlich machen, dass das Spiel vorbei war, strahlte die Kommissarin deutlich mehr Autorität aus, als Uniform und blitzblank gewienerte Schuhe es hätten bewerkstelligen können.

»Das sind die Fakten: Vanessa Tonnarelli, vor ihrer Scheidung Signora Benedetti, ist verschwunden, seit sie beim Metzger Bertelloni war, um Fleisch für einen Grillabend zu besorgen. Richtig?«

Die vier nickten wie ein Greis. Die Kommissarin sah in die Runde und atmete hörbar aus.

»Na schön, Kinder, laut Gesetz hat in Italien jeder das Recht, von der Bildfläche zu verschwinden, und solange keine Vermisstenanzeige bei mir eingeht, kann ich nichts unternehmen. Wir alle dürfen uns diskret vom Acker machen, wann immer es uns beliebt. Und über eines möchte ich keinen Zweifel lassen: Ich ermittle hier nicht auf Grundlage eines Gerüchts.«

»Entschuldigen Sie, soll das heißen, wenn einer spurlos verschwindet, kann die Polizei nichts unternehmen?«

»Sofern sie keinen Anlass hat, ihn zu suchen, nein. Sollte ein amtliches Schreiben vorliegen, ein Bußgeldbescheid, eine Ladung der Dame als Zeugin vor Gericht, kurzum ein offizielles Papier, das mich verpflichtet, sie zu suchen, so muss ich von Amts wegen der Sache nachgehen. Andernfalls« – hier wurde das Gesicht der Kommissarin noch ernster – »ist es meine Pflicht, von Maßnahmen abzusehen.«

»Und was ist, wenn sie tot ist?«

»Haben Sie irgendwelche triftigen Gründe für die Annahme, dass das der Fall sein könnte?«

»Na, die hat doch der Mann umgebracht«, sagte Ampelio, auf seine Weise Monsieur de La Palice.

Die Kommissarin tat, als hätte sie ihn nicht gehört. »Ich meine, abgesehen von dem Umstand, dass sie eine Unmenge Fleisch eingekauft und dann nichts damit unternommen hat?«

»Klar, was ist zum Beispiel mit dem Auto?«, ließ sich Rimediotti vernehmen. »Benedettis Wagen wurde unten am Bewässerungsgraben gesehen, an der *Donau*, meine ich, und zwar um zwei Uhr morgens mit offenem Kofferraum.«

Auf dem Gesicht der Kommissarin erschien ein Lächeln, das so breit war wie falsch.

»Das wurde gesehen? Ja, ausgezeichnet! Dann sagen Sie mir doch noch, wer genau das gesehen haben soll.«

»Also, ich hab's von meiner Frau«, sprang Pilade ihm bei.

»War Ihre Frau persönlich vor Ort?«

»Nein, um Himmels willen. Um zwei Uhr morgens schnarcht meine Frau wie ein Sägewerk. Aber es gab Zeugen, und die wird man ja wohl finden können. Was hat ein unbescholtener Bürger um zwei Uhr früh an einem Bewässerungsgraben verloren, auf einem Feldweg hinter der Straße, wo die Nutten stehen?«

»Genau dasselbe, was die Zeugen dort verloren hatten, nehme ich an«, bemerkte Massimo trocken. »Erinnerst du dich noch an die Sache mit Pampalonis Bußgeld?«

Die Alten sahen einander an, mit ihrem Vulgärlatein am Ende.

Giacomo Pampaloni, besser bekannt unter dem Spitznamen Shabby Hair Giacomo, war einer der angesagtesten Friseure von Pineta. Bis vor ein paar Jahren hatte er die Trendsetterinnen der Küste mit Strähnchen und anderen Highlights versorgt. Bis ihm eines Tages ein Bußgeldbescheid zugestellt wurde, zusammen mit einem Schnappschuss aus der Radarfalle, der seine Anwesenheit in einer Gegend fernab von Heim und Arbeitsstätte belegte, an einem Ort, an dem sich bekanntermaßen die Straßennutten tummelten, und das gegen halb drei Uhr morgens. Durch eine merkwürdige Laune des Schicksals war Pampaloni bei einem Geschäftstermin, als der Bescheid einging, und seine Frau war allein daheim. Auch Giacomo Pampaloni wäre beinahe eingegangen, als er am Abend nach Hause kam. Sein

Schlüssel passte nicht mehr ins Schloss, jemand musste es ausgetauscht haben. Im Gegensatz zum Briefzusteller fand er mit seinem Klingeln keine Gnade.

Die Kommissarin, der die Geschichte bekannt sein mochte oder die wohl auch ohne weitere Erklärungen begriff, worum es ging, zog mit der Hand an einem imaginären Faden.

»Na bitte. Wie wahrscheinlich ist es Ihrer Ansicht nach, dass jemand aufs Revier kommt und sagt, ich war gerade unterwegs zu den Nutten, und da habe ich unten am Bewässerungsgraben einen Wagen mit offenem Kofferraum stehen sehen?«

»Och, Sie haben doch selbst gesagt, dass man Zeugen auch einbestellen kann …«

»Bei Vorliegen einer Straftat, Herrgott!« Falls das jemandem entgangen sein sollte, verlor die Kommissarin allmählich die Geduld. »Wenn eine Straftat vorliegt, kann ich Zeugen laden. Ohne Anzeichen für eine solche …«

»Hat sie der Mann eigentlich nicht als vermisst gemeldet?«

Alice musterte Aldo mit zugekniffenem Mund und schüttelte den Kopf.

»Und das finden Sie nicht seltsam?«

»Natürlich finde ich das seltsam. Deswegen bin ich heute Vormittag auch zum Agriturismo gefahren.«

Vorsichtiges Schlückchen.

»Ich habe Signor Benedetti einen formlosen Besuch abgestattet, um ihm mitzuteilen, dass sich die Leute schon Sorgen um seine verschwundene Frau machen würden. Und um ihn zu fragen, ob er ihr Verschwinden nicht melden wolle.«

»Und?«

»Erstens hat er mich keines Blickes gewürdigt und weiter herumgeräumt, als wenn nichts wäre. Und zweitens hat er in aller Seelenruhe gesagt, sie hätten am Vorabend einen Streit gehabt, seine Frau hätte zu viel Fleisch gekauft, und dabei wäre der Eisschrank voll. Angeblich haben sie schon seit einiger Zeit Probleme, die häusliche Lage ist etwas angespannt, und nach besonders heftigen Auseinandersetzungen sagt seine Frau schon mal, dass es jetzt aber wirklich reicht, und packt ihr Zeug und fährt für ein paar Tage weg. Aber dann kommt sie doch immer wieder zurück. Leider.«

»Nach der Scheintrennung haben Sie ihn nicht gefragt?«

»Kennen Sie Benedetti persönlich?«

Kein Bedarf, antworteten die Köpfe der Alten. Um sich über jemanden das Maul zu zerreißen, braucht man ihn doch nicht zu kennen.

»Er ist ein richtiges Monstrum, ein Meter fünfundneunzig und sicher hundertzwanzig Kilo. Jetzt war ich ja nicht offiziell da, und der Typ schien mir kurz davor auszuticken. Wenn ich auf eines verzichten kann, ist es eine Rangelei mit einem aufgebrachten Koloss.«

»Also, ich bitte vielmals um Entschuldigung, Signorina …«

Gino sprach diese Worte mit einem derart gezielten Feingefühl, dass die Kommissarin eine merkliche Anstrengung unternahm, sich zu beruhigen.

»Ja, Gino, sagen Sie nur.«

»Wieso sind Sie sauer auf uns, wenn Sie nichts unternehmen können?«

Die junge Frau senkte den Kopf und zupfte ein unsichtbares Stäubchen von ihrem Kleid. Dann setzte sie mit weiterhin gesenktem Kopf zu einer Antwort an.

»Sie haben schon recht, Gino. Ich bin sauer, aber nicht auf Sie hier, Sie sind nur der Auslöser. Ich bin sauer, weil ich nichts unternehmen kann.« Der Kopf der Kommissarin blieb in seiner Position, aber ihr Ton veränderte sich. »Offiziell sind mir die Hände gebunden, aber rein persönlich würde ich jede Wette eingehen, dass dieser Gianfranco Benedetti einer der größten Lügner ist, die ich je gesehen habe!«

Fünf

Drinnng.

Drinnng.

Drinnng.

»Hallo?«

»Hallo, Massimo«, sagte Aldo mit ruhiger Stimme, aber doch ein wenig angespannt. »Sag mal, ich hätte da ...«

Am anderen Ende der Leitung ertönte wüste Musik. Dann hörte man, wie sich Massimo höflich entschuldigte.

»Ja, einen Augenblick, bitte, ich habe gerade einen Anruf auf dem Handy, da muss ich rangehen«, sagte er. Die Musik verstummte und wich Massimos Stimme, die einige Zentimeter von der Hörmuschel entfernt in unerwartete Begeisterung ausbrach: »Neiiin, das gibt's doch nicht ... Hallo! Wie geht's denn? Ist ja eine Ewigkeit her, dass ich nichts von dir höre. Na, was gibt's Neues, lass hören. Bist du immer noch ... Wart mal kurz.« Er wandte sich wieder dem Hörer seines Festnetztelefons zu und sagte fröhlich: »Sie brauchen das Ende dieses Anrufs nicht abzuwarten. Wenn Sie mich gut kennen, dürfte Ihnen klar sein, dass ich über kein Handy verfüge und Sie hier also nichts anderes hören als einen Anrufbeantworter. Hinterlassen Sie Ihre Nachricht nach dem Piep.«

Als ein paar Sekunden später der Signalton erklungen war, sagte Aldo ungerührt:

»Massimo, zweierlei. Erstens: Wenn du deinen Anrufbeantworter weiter mit solchen Teenagersprüchen bestückst, dann riskierst du, wie ich fürchte, auch sonst das Dasein eines Teenagers. Was dein Sexualleben angeht, bedeutet das Einsamkeit und eine qualvolle Sehnenscheidenentzündung. Zweitens: Ampelio und die anderen zwei haben eine geniale Idee gehabt, glauben sie jedenfalls, ich persönlich halte sie für ziemlich bekloppt. Falls du zu Hause bist, solltest du zusehen, dass du in die Bar kommst. Und wenn du dich jetzt fragst, um was für eine Idee es geht, Pech gehabt. Beim nächsten Mal versuch's mit einem Anrufbeantworter, wie er unter zivilisierten Menschen üblich ist.«

Zehn Minuten später betrat Massimo die Bar, steuerte direkt auf das Billardzimmer zu und öffnete die Tür mit zur Schau gestellter Selbstsicherheit.

Um den Billardtisch herum standen Pilade, Gino, Ampelio und ein Typ, den Massimo nicht kannte. Er trug einen weißen Pullover und schwarze Hosen und hatte ein kleines Notizbuch aufgeschlagen vor sich liegen. Ein Stück weiter stand Aldo mit verschränkten Armen, den Blick gesenkt.

»Da ist er ja! Hatte ich Ihnen doch gesagt, dass er gleich kommt«, wandte sich Ampelio an den Unbekannten. »Gut, Dr. Brunetti, das ist Massimo, der Inhaber der Bar. Er war auch da, als die Sache passiert ist, von der wir eben geredet haben.«

»Dr. Brunetti?«, fragte Massimo etwas erstaunt. Ihm wurde erst langsam klar, dass in dem aufgeschlagenen Notizbuch, das der Typ vor sich hatte, so unleserlich sein Gekritzel auch sein mochte, die vorausgegangenen Ereignisse detailgenau verzeichnet waren. Jetzt klappte der Typ seine Kladde zu, stand auf und kam auf Massimo zu.

Brunetti, ein Mann um die fünfzig, hatte sich offenbar von einem Imageberater erklären lassen, was man tun musste, um nicht wie ein Fünfzigjähriger auszusehen. Der Berater schien ihm drei wertvolle Tipps gegeben zu haben: Zieh dich an wie ein Jungspund, lass dir einen Dreitagebart stehen und färb dir die Haare, hast ja noch genug davon. Das Resultat war ein unverkennbar in der Mitte des Lebens stehendes Männlein in einem Pulli aus High-Tech-Material, der sich wunderbar an das schlaffe Bäuchlein schmiegte. Von dem passend entspannten Gesicht stand in exakt abgezirkeltem Winkel ein Haarschopf ab, der so schwarz war wie die Flügel eines Raben. Etwa zwei Millimeter vom Schädel entfernt markierte eine deutlich erkennbare Linie, wie weit die Haare schon nachgewachsen waren.

Massimo konnte es nicht leiden, wenn Männer sich die Haare tönten. Tätowierungen hasste er auch, aber getönte Haare waren das Letzte. Ein Tattoo lässt sich gegebenenfalls als Jugendsünde verbuchen, färbt sich einer die Haare, so heißt das, dass er die Gegenwart nicht erträgt.

»Saverio Brunetti vom *Tirreno*«, sagte der Typ und reichte Massimo eine leutselige Hand. »Sehr angenehm.«

»Kommt drauf an«, erwiderte Massimo, den Händedruck auf das Nötigste beschränkend. »Bei was genau soll ich dabei gewesen sein?«

»Also, die Herren haben mir eine hochinteressante Geschichte erzählt«, sagte der Journalist und nahm wieder Platz, als wäre er in der Bar zu Hause. »Es gibt da anscheinend eine Dame, deren Mann den Agriturismo La Luna nel Pozzo führt, ein Signor …«

»Gianfranco Benedetti«, fügte Gino beflissen ein.

»… Gianfranco Benedetti, richtig. Und diese Dame ist spurlos verschwunden, unter Umständen, die man zumindest beunruhigend nennen muss. Dem Bericht der Herren zufolge«, fuhr Brunetti fort und griff dabei zum Stift, »waren Sie ebenfalls anwesend, als …«

»Als jemand erzählt hat, dass jemand anderes erzählt hat, dass ein entfernter Verwandter, der mal im Zug von Pisa nach Livorno im selben Abteil gesessen hat wie dieser Schauspieler, der den Commissario Montalbano spielt – er ist also selbst fast Polizist –, dass dieser Verwandte gesehen hat, wie besagter Agriturismo-Inhaber sein Auto mit offenem Kofferraum an einem Bewässerungsgraben geparkt hat? Na klar. Da war ich dabei, sicher doch.«

Der Typ, dem der Stift in der Luft stehen geblieben war, sah Massimo an.

»Ja, ich verstehe schon, dass Sie da skeptisch sind. Wir haben hier sicherlich keine Zeugenaussage aus erster Hand. Aber als Journalist muss man häufig an solchen Punkten ansetzen. Aussagen von Bürgern, die sich verpflichtet fühlen …«

Von wegen Bürgerpflicht. Die alten Knaben riechen eine Leiche auf eine Meile gegen den Wind.

»… die Presse davon zu unterrichten, wenn eine angespannte Situation vorliegt, wenn Anzeichen oder Indizien auf ein mögliches Verbrechen hinweisen, und als Journalist …«

»… kann man dann in seiner Zeitung einen Haufen Schlussfolgerungen veröffentlichen, zumal in Wirklichkeit kein Schwein etwas gesehen hat«, vervollständigte Massimo. »Und zwar nicht weil die besagten Bürger allesamt zehn

Dioptrien haben, sondern weil sie grundsätzlich nur vom Hörensagen berichten.«

»Ich bin diesmal nicht beteiligt«, verteidigte sich Aldo mit erhobenen Händen.

»Genau. Die hier auch nicht.« Massimo deutete auf die drei übrigen Senatoren.

Der Reporter erhob sich etwas pikiert.

»Verstehen Sie etwas von Journalismus?«

»Nein, tut mir leid. Ich verdiene mir die Brötchen mit ehrlicher Arbeit.«

»Dann lassen Sie mich mal erklären, wie das läuft in meinem Metier. Am Anfang hat man so gut wie nichts in der Hand, eine Schwingung, eine Anwandlung, etwas, das man irgendwo aufgeschnappt hat, man weiß auch gar nicht recht bei wem.« Der Journalist zeichnete einen Schnörkel in die Luft und tippte dann mit dem Zeigefinger aufs Papier. »Aber am Ende dringt man zu dem direkten Zeugen vor, zu dem Betroffenen selbst. Zu denen, die tatsächlich etwas zu sagen haben. Wenn Ihnen das etwas gibt, versichere ich Ihnen gerne, dass ich von hier aus schnurstracks zu Signor Benedetti gehen und mir anhören werde, wie er die Sache darstellt.«

»Ja, das gibt mir durchaus etwas«, bestätigte Massimo. »Mehr noch, es bietet mir Anlass, selbst etwas zu Ihrem Artikel beizutragen. Und zwar habe ich aus unmittelbarer und verlässlicher Quelle, nämlich von einem Ermittler der Polizia di Stato, dass Signor Benedetti ein bulliger Typ ist, eine Art Vier-Jahreszeiten-Schrank, und dass er leicht die Nerven verliert, wenn man ihn reizt. Sie erkennen ihn an Hose, Hemdsärmeln und Rebmesser. Ich an Ihrer Stelle würde ihn aus sicherer Entfernung befragen.«

»Ich werde das berücksichtigen«, sagte Dr. Brunetti mit einem gezwungenen Lächeln. »Dann also auf Wiedersehen, Signor Ampelio. Auf Wiedersehen, Signor Pilade. Auf Wiedersehen, Signor Gino. Auf Wiedersehen, Signor Aldo, und … auf Wiedersehen«, schloss er kurz vor Verlassen des Lokals, an wer weiß wen gewandt. Vermutlich an den Billardtisch.

Es vergingen einige Sekunden, bevor Massimo den Mund aufmachte.

»Ihr seid echt nicht normal.«

»Meinst du mich?«, fragte Ampelio, der sich zu Recht angesprochen fühlte. »Wenn hier einer nicht normal ist, dann du.«

»Das weiß ich schon, danke. Ich meinte einfach, dass man im Leben hin und wieder das Hirn einschalten sollte.«

»Ist ja recht, Massimino«, sagte Gino versöhnlich. »Uns fehlt's vielleicht an Hirn, aber dir an Herz. Wir reden hier davon, dass jemand umgebracht wurde.«

»Ich verstehe. Ich verstehe das alles sehr gut.« Massimo ging hinüber in den Hauptraum. »Wenn ihr vermeiden wollt, dass die Zahl der Mordopfer in Pineta in dieser Woche noch weiter zunimmt, dann tut mir einen Gefallen: Geht Billard spielen oder Briscola oder was ihr Alten sonst so macht. Hauptsache, ich bekomme euch für ein paar Stunden nicht zu Gesicht. Oder zu Gehör.«

Der Rest des Nachmittags verstrich überaus ruhig.

Von allein und widerstandslos war aus vier fünf Uhr geworden und aus der Fünf eine fügsame Sechs, wie es nicht nur die Uhr in der BarLume bezeugte, sondern auch der Fernsehlärm, erklang doch aus dem Billardzimmer eine gedämpfte Melodie im Stil von Giorgio Moroder: das Bontempi-Pianola, das den Beginn der Sendung »Okkulte Geschichten« verkündete. Unbestrittener Star des Programms, einer der absoluten Lieblingssendungen der Alten, war der dick geschminkte Magier Ofelio, ein gewandter Deuter von Tarotkarten und überdies mit der Gabe gesegnet, Tote anzusprechen und von ihnen auch Antwort zu erhalten, Fähigkeiten, die ihm ermöglichten, den Leuten live mitzuteilen, was sie für Hornochsen waren. Das Hauptvergnügen der Alten bestand jenseits der legendären Wutausbrüche Ofelios darin, den jeweiligen Anrufer und Gimpel an seiner Stimme zu erkennen. Bei Einstimmigkeit oder absoluter Mehrheit mündete das dann immer in eine herrliche Runde Tratsch.

Während die Alten vor dem Fernseher hockten und Aldo einen letzten Kontrollgang durchs Restaurant machte, bereiteten Massimo und Tiziana hinter dem Tresen den Aperitif vor.

Es gab Tage, eigentlich die meisten, an denen Tiziana gute Laune hatte und es ein Genuss war, mit ihr den Tango des Barista zu tanzen. Dann kamen die Beine auf dem schmalen Steg hinter dem Tresen aufeinander zu und vollführten einen Ausweichschritt, mit perfekt abgestimmtem, rundem Hüftschwung, während die Gesichter in unterschiedliche Richtungen blickten und die Rücken abgewandt blieben, den ahnungslosen Gästen zu, die lediglich den Oberkörper der Barleute sahen, von der Brust aufwärts.

Heute aber war die junge Frau unkonzentriert, ihre Bewegungen ohne Rhythmus, und ihr Blick irrte oft zur Glastür. Die typische Körperhaltung dessen, der jemanden erwartet. Weshalb die Koordination verloren ging und hinter dem

Tresen kein Tango getanzt wurde, sondern eher so etwas wie Breakdance: Zusammenstöße, plötzliches Innehalten, ruckartiges Zucken und wechselseitige Aufforderungen zu einer Sexualität, die expliziter und weniger einvernehmlich schien als die des argentinischen Standardtanzes.

»Tiziana, bitte«, sagte Massimo schließlich, »wäre es möglich, mir nicht ständig die Schublade an den Knöchel zu knallen?«

»Ja, tut mir leid«, antwortete seine Mitarbeiterin, während ihre Augen wieder zur Glastür wanderten. »Stehen die Crostini hier gut?«

»Wart mal kurz … So, ja«, sagte Massimo und verschob den Teller Crostini mit Seebarschpaste zehn grundlegende Millimeter nach rechts. »Ausgezeichnet. Jetzt fehlen nur noch die Tempura, aber die sind aus. Gibt es irgendein Problem?«

»Nein. Nein, gar nicht«, antwortete Tiziana, weiterhin nach draußen orientiert.

»Weiße Squaw spricht mit gespaltener Zunge«, gab Massimo zurück, während er das Brett mit den Mortadella-Spießchen im Limettenmantel um ein achtzigstel Grad drehte. »Das hat sich doch inzwischen bis drunten im Hafen herumgesprochen, dass dir irgendetwas Sorgen macht.«

»Ach, lass nur«, sagte Tiziana. »Ist bloß so eine fixe Idee.«

Massimo stellte die drei Schalen mit Dip – Hummus, Zaziki und noch etwas anderes, Tavolone zufolge eine Creme aus Auberginen und Minze, deren Namen ich mir nie merken kann – zu einem makellosen gleichschenkligen Dreieck zusammen, das den Teller Crostini umstand, und fuhr dann, ohne Tiziana in die Augen zu sehen, fort:

»Wenn es mich nichts anginge, würde ich mir das nie herausnehmen, das weißt du ja. Aber du arbeitest nun einmal in dieser Bar, und da sehe ich es als meine Pflicht an, dir zu sagen, dass du richtig liegst.«

»Wie meinst du das?«

»Du gehst sicherlich richtig in der Annahme, dass Marchino auch heute Abend zum Aperitif vorbeikommt.«

»Ist dir das auch schon aufgefallen?«

Nein, tatsächlich hat Aldo es gemerkt, aber ich lasse mir doch die Chance nicht entgehen, mich mit so einer klugen Beobachtung zu schmücken.

»War gar nicht schwierig«, sagte Massimo und wiegte den Kopf mit der lebensklugen Miene dessen, der etwas von der Welt gesehen hat. Tiziana zog ein säuerliches Gesicht.

»Na super.«

»Du kannst doch nichts dafür.«

»Das macht das Problem nicht kleiner.«

»Die Hoffnung stirbt zuletzt, Kindchen«, sagte Ampelio, der gerade aus dem Billardzimmer kam und dem Austausch von Negativaussagen damit ein Ende setzte. »Für deinen lieben Chef gibt es doch immer ein Problem. Wann ist dem schon mal was recht? Bekommt er eine Milliarde Lire in bar, dann motzt er über die Farbe des Koffers.«

»Schimpft da ein Esel den anderen Langohr?«, lächelte Tiziana, erfreut über die muntere Ahnungslosigkeit des alten Haudegens. »Wie ist denn Ofelio heute drauf, ist er in Form?«

»Ach was«, sagte Ampelio und schüttelte mitleidig den Kopf. »Mit Ofelio ist es vorbei. Anscheinend haben sie ihn wegen der Sache mit den Schwarzen gefeuert.«

Bevor der geneigte Leser wieder Schlimmes vermutet, sollte man wohl klarstellen, dass die fraglichen Schwarzen bei Ofelio nur beiläufig erwähnt worden waren. Der Okkultist hatte schlichtweg einen seiner üblichen verbalen Ausbrüche gegenüber einem Gesprächspartner, dessen Italienisch nicht ganz sattelfest war – breites Timbre und unverkennbare Schwierigkeiten bei der Aussprache dentaler Konsonanten –, mit der apodiktischen Aussage beschlossen: Ich weiß ja nicht, wie es euch geht, Leute, aber bei Negern verstehe ich manchmal kein Wort. Dem folgte ein so erwart- wie unantastbarer Sturm der Entrüstung und die sofortige Entlassung des Okkultisten durch den Sender TeleLitorale. Auf der prächtigen Pressekonferenz las eine leitende Managerin des Senders eine offensichtlich per automatischer Textkorrektur redigierte Erklärung ab, in der sie Ofelio als »Afroamerimagier« bezeichnete.

»Warum schaut ihr euch den Quatsch dann noch an?«

»Ha, du solltest mal sehen, wer Ofelios Platz eingenommen hat«, antwortete Ampelio. »Atlas der Leuchtende, Herrscher über die Unterwelt.«

»Atlas der Leuchtende?«, fragte Tiziana. »Mamma mia, was für eine Karriere. Jetzt geben sie dem auch noch eine Fernsehsendung?«

»Ich wusste gar nicht, dass du was mit Okkultismus am Hut hast«, sagte Massimo trocken. »Aber weißt du was, wir finden das gut, Aldo und ich. Für den Fall, dass sich der Beschäftigte als Einfaltspinsel herausstellt, ist in unserem Vertrag ein Lohnabschlag vorgesehen, und des Weiteren ein öffentlicher Widerruf. Auf armenischen Kichererbsen kniend.«

»Ach was«, erwiderte Tiziana. »Ich kenne den Typ halt, der ist doch berühmt hier im Städtchen. Die Leute sagen, er sei unfehlbar.«

»Schon klar«, antwortete Massimo. »Wenn jemand von ihm eine brauchbare Antwort bekommen hat, dann hat er das überall weitererzählt. Wer irgendeinen Blödsinn gehört und dann vielleicht seine gesamte Habe beim neapolitanischen Lotto auf die Nummer 34 gesetzt hat, ja glaubst du, der läuft herum und verbreitet, dass er den Rat von seinem Kartenleger hatte?«

»Also wirklich«, schloss Ampelio sich an. »Wenn ich dran denke, dass es auf der Welt Leute gibt, die diesem Kerl ihr Geld nachwerfen, die würde ich doch entmündigen, würde ich die. Gehen zum Kartenleger und wollen auch noch wählen?«

»Jaja«, kicherte Tiziana. »Aber ihr drei hockt immer noch da und starrt auf die Glotze. Ofelio war wenigstens zum Lachen.«

»Der hier schon auch, glaub's mir. Ist doch zum Piepen, wenn ein Bekannter als Kartenleger im Fernsehen auftritt, mit Turban und lackierten Fingernägeln.« Ampelio wedelte mit der Hand nach oben, nach hinten, eine Anrufung längst vergangener Zeiten. »Zu meiner Zeit hat er allerdings noch nicht mit den Toten gequatscht. Und überhaupt, als ich jung war, wenn da einer mit angemalten Fingernägeln am Start gewesen wäre, dann hätten selbst die Möwen über ihn gelacht.«

»Soll das heißen, du kennst den Typ persönlich?«

»Ja, stell dir vor«, bestätigte Ampelio und griff ganz ungezwungen nach den Lakritzrollen. »Aber wart nur, du kommst sicher auch gleich drauf. Erinnerst du dich an Barbadori, der bei Bucciantini mitgefahren ist?«

»Wir sprechen von Radsport, nehme ich an«, erklärte Massimo. »Und lass die Lakritze liegen, Großvater. Dein Blutdruck hat eine Untergrenze von fünfundneunzig.«

»Dann jage ich ihn jetzt wohl auf sechsundneunzig hoch«, wischte Ampelio den Einwand vom Tisch. »Wenn du wirklich was tun willst, damit mein Blutdruck sinkt, dann schenk deiner Großmutter einen Monat Kreuzfahrt. Wohin du willst, einverstanden? Wenn es dort auch Löwen gibt, umso besser. Jedenfalls weiß ich noch, dass dieser Barbadori als junger Bursche bei den Amateuren mitgefahren ist. Das war ein Bergfahrer von der starken Sorte, er konnte das Tempo wechseln, mörderisch. Wenn der abziehen wollte, gab's keine Diskussionen, dann war er weg.«

»Soso, er konnte also jederzeit weg«, sagte Tiziana, weiter lächelnd. »Aber wenn er jetzt im Fernsehen Tarotkarten deutet, kann er nicht allzu weit gekommen sein.«

»Er hatte ein Doping-Problem«, antwortete Ampelio unter Einsatz des einzigen englischen Wortes, das er korrekt auszusprechen wusste. »Seit einigen Jahren nehmen sie auch die Teilnehmer an Hobbyrennen scharf unter die Lupe, und da kam er ziemlich in Schwierigkeiten.«

»Wie, Doping gibt's auch bei den Amateuren?«

»Auch? Bei denen ist es am schlimmsten!« Ampelio schüttelte den Kopf, offenkundig tief enttäuscht. »Weißt du, Tiziana, ich habe mich schon immer für Amateurrennen interessiert, und du kannst dir gar nicht vorstellen, was ich da alles gesehen habe. Und je mehr Zeit vergeht, desto schlimmer wird es. In meiner Jugend wusste ich, dass manche Valontan in der Wasserflasche hatten, aufgelöst in Kaffee. Aber das waren wenigstens Erwachsene. Heute verabreichen sie schon den Kindern die übelsten Sachen.«

»Und dieser Typ hat dann mit dem Radfahren aufgehört, oder?«

»Mhm«, bestätigte Ampelio. »Du musst wissen, dass er an der Schwelle zum Profisport stand, und damit war es dann vorbei. Angeblich hat er sogar versucht, sich eine Kugel zu verpassen.«

»Und jetzt ist er Fernsehmagier.« Tiziana schenkte ein Glas Mineralwasser ein und stellte es Ampelio hin, während Pilade aus dem Billardzimmer kam. »Na, Pilade, schauen Sie sich auch den neuen Magier an?«

»Mache ich, ja«, sagte Pilade nach kurzem Schweigen.

»Schon gehört, inzwischen ist er angeblich unfehlbar?«, bemerkte Ampelio mit einem Blick zu seinem Freund. Der wandte den Kopf dem Fernseher über der Tür zu, um sich dann wieder dem Tresen zuzuwenden.

»Ach ja, unfehlbar?«

»Anscheinend sagt das schon das halbe Städtchen«, sagte Massimo feierlich.

Pilade wog die Aussage ab, indem er das Haupt bedächtig hin und her wiegte. Dann zeigte er mit dem Daumen auf den Bildschirm und sah Massimo in die Augen.

»Wirst schon sehen, ab morgen schaut auch die andere Hälfte zu.«

»Ich hab's euch ja erklärt: Die Verstorbenen, die mich mit ihrem Ratschlag ehren, haben mir mitgeteilt, dass sie wissen, wo Signora Benedetti sich befindet. Aber meine Gewährsleute, die Geister, die mich vom Jenseits aus führen, sprechen auf eine Weise, die sich nicht unmittelbar begreifen lässt.«

Hinter einem Schreibtisch, der mit aufgefächerten Tarotkarten bedeckt war, legte ein Männlein mit kahl geschorenem Schädel, feisten Wangen und durchdringenden Augen die Hände aneinander, und seine Miene dabei war schmerzerfüllt und wissend.

»Wäre Signora Vanessa Benedetti als Klientin zu mir gekommen und hätte ich mich ihr gegenüber zum Schweigen verpflichtet, wie immer, wenn sich jemand hilfesuchend an mich wendet, so könnte ich euch niemals wissen lassen, was ich euch jetzt sagen werde. Wäre Signora Vanessa zu mir gekommen, weil sie befürchtete, ihr Mann könnte ihr etwas antun oder sie eines Tages gar umbringen …«

Atlas der Leuchtende, mit bürgerlichem Namen Marcello Barbadori, öffnete die Hände zu einer einstudierten priesterlichen Geste. Nach einem Moment der vollkommenen Stille, im Fernsehstudio wie in der Bar, fuhr der Kartenleger fort:

»Doch die Angelegenheit betrifft mich nicht beruflich, sondern nur als Bürger, der besondere Privilegien genießt, da mir nun einmal das unverdiente Glück zuteil wurde, mit der Welt der Wissenden in Verbindung zu treten. Und ich sehe es als meine Pflicht an zu offenbaren, was meine geistlichen Führer mir enthüllt haben. Dies also haben die Geister mich wissen lassen: dass Signora Vanessa sich an einem See befindet, in der Nähe eines Schlosses nicht weit vom Mittelpunkt der Welt. So wurde es mir anvertraut, und so kann ich es mit Sicherheit sagen.«

Eine weitere kurze Pause verstrich, die Atlas der Leuchtende dazu nutzte, dem Fernsehpublikum seinen hypnotischsten Blick zu schenken. Dann kniff der Hellseher mit leidender Miene die Augen zu.

»Meine Freunde, die ihr von zu Hause aus zuhört oder die Freundlichkeit besitzt, meine Sendung im Fernsehen zu verfolgen, ihr werdet mir vergeben, wenn ich mich für heute außerstande sehe, weitere Themen mit euch zu besprechen und Anrufe entgegenzunehmen. Ich vertraue euch der Güte und Weisheit der Verblichenen an, wie jeden Tag, wie jeden Abend, wie schon immer und allezeit.«

»Das hat er gesagt?«

»Ja, das hat er gesagt.«

Die Kommissarin streckte die Hand aus und griff nach ihrem Selleriesaft.

»Er hat gesagt, Signora Vanessa Benedetti, geborene Tonnarelli, befinde sich an einem See in der Nähe eines Schlosses nicht weit vom Mittelpunkt der Welt?«

»Ganz genau.«

»Und der Typ gilt als unfehlbar?«

»Na, das haben nicht wir uns ausgedacht. Das sagt das halbe Dorf.«

Die Kommissarin griff zum Strohhalm und sog sorgfältig die blassgrüne Flüssigkeit ein. Endlich sicher, ihre Beute eingekreist zu haben, umstanden sie die vier Alten wie ein Rudel, das nur noch darauf wartet, dass der Leitwolf die Erlaubnis erteilt zuzubeißen. Mit dritten Zähnen, aber ohne Gnade.

Nach einem weiteren Zug am Strohhalm, der noch weniger überzeugt ausfiel als der erste, senkte die Kommissarin den Blick.

»Sie wissen, was ›mythoman‹ bedeutet, oder?«

»Freilich«, bestätigte Ampelio. »So einen hatten wir doch zwanzig Jahre lang an der Regierung.«

»Also, wenn ich jetzt zum Staatsanwalt laufe und ihm sage, dass ich diesen Atlas den Phosphoreszierenden vernehmen möchte, was glaubt ihr, bekomme ich dann zu hören? Nur zu, Martelli, ein blendender Einfall, der weiß bestimmt, was er da sagt? Oder nicht vielleicht doch: Also wirklich, Martelli, Sie glauben doch keinem dahergelaufenen Spinner, der sich einbildet, mit Lady Di reden zu können?«

»Ich fürchte, eher Zweiteres«, sagte Massimo, während er das letzte Tässchen aufs Tablett stellte.

»Deine Stimme ist Musik in meinen Ohren«, sagte Alice in leichtem Singsang. »Na, dann spuck's mal aus: Wie siehst du das alles?«

»Ich sehe es ganz einfach«, erwiderte Massimo trocken. »Die Sache geht mich nichts an.«

»Aber ich bitte dich«, sagte Alice mit ihrem schönsten hintergründigen Lächeln. »Du streichst doch hier herum, seit wir uns ins Billardzimmer zurückgezogen haben. Um drei Tassen auf ein Tablett zu stellen, brauchst du fünf Minuten. Mir kommt es fast so vor, als hättest du sie schon ein paar Mal abgestellt und wieder aufgenommen.«

Frauen, verdammt. Da hat's mich wieder erwischt.

»Na, wie sieht es aus?«, hakte die Kommissarin nach. »Was sagt der Chef?«

Massimo ergab sich in sein Schicksal und zog sich einen Sessel heran. Wenn wir schon ein Pläuschchen halten, dann kann man sich's wenigstens gemütlich machen.

»Vor allem sollte unser Augenmerk der Frage gelten, was uns der gute Atlas nicht mitteilt«, sagte er, die Hände auf den Armlehnen. »Das macht mich jetzt doch ein bisschen neugierig. Um es genauer zu sagen, haben wir es mit einer klassischen Praeteritio zu tun.«

Drei alte Herren drehten die Köpfe zum vierten im Bunde. Aldo, du hast es doch mit Kultur, was kann dieses komplizierte und bedrohliche Wort bedeuten?

»Praeteritio«, wiederholte Aldo. »Mamma mia. Das habe ich ja seit dem Gymnasium nicht mehr gehört. So nennt man in der Rhetorik, wenn einer tut, als würde er zu etwas schweigen, während er tatsächlich darüber spricht.«

»Aaaha«, machte Gino mit dem Gesichtsausdruck dessen, der nur Bahnhof verstanden hat.

»Also, wenn man zum Beispiel sagt: ›Ich will hier nicht den Oberlehrer spielen‹, und dann erklärt man dem anderen haarklein, was er zu tun hat, damit aus der Sache jemals was wird«, kam Pilade auf Umwegen zum Punkt. »Massimo hat recht, das ist mir auch aufgefallen.«

»Was?«

»Dieser Bursche, dieser Atlas der Schimmernde, hat ständig betont, dass die Benedetti keine Klientin von ihm war. Und wenn sie zu ihm gekommen wäre, weil sie Angst vor ihrem Mann hat, hätte er sich nicht dazu im Fernsehen äußern können. Das kann eigentlich nur eines heißen.«

»Ha, du hast recht«, stimmte Ampelio zu.

»Um es kurz zu machen, Signorina, falls Sie's vielleicht nicht verstanden haben – Massimo glaubt, die Benedetti war doch eine Klientin von ihm«, erklärte Gino freundlich und wie immer etwas hinterdrein.

Bevor die Kommissarin antwortete, warf sie Massimo

einen schnellen Blick zu. Vielleicht ein wenig angespannt wegen des Berichts, könnte man meinen.

»Schön und gut«, sagte sie, offenbar im Begriff, Erwartungen zu enttäuschen, wie so häufig, wenn eine Antwort mit dieser Floskel beginnt. »Aber das scheint mir doch etwas an den Haaren herbeigezogen. Sie meinen, dieser Kartenleger würde sagen, dass Signora Benedetti seine Klientin war. Was er natürlich nicht offen zugeben darf. Aber gleichzeitig bringt ihm das Publicity.«

»Genau. Bloß gibt es da ein Problem«, fuhr Gino unbeirrt fort. »Dass sie beim Kartenleger war, weil sie Angst hatte, dass ihr Mann sie rasieren könnte, das reicht wohl noch nicht aus, um Ermitt…«

»Ja, wer soll mir das denn offiziell bestätigen, dass Signora Benedetti tatsächlich bei diesem Typen war, hm?« Die Kommissarin schüttelte knapp den Kopf. »Er hat im Fernsehen gerade das Gegenteil gesagt. Was den Ehemann angeht, sehe ich wenige Möglichkeiten. Die Frau scheint momentan nicht auffindbar zu sein. Ich könnte den Kartenleger allenfalls aufsuchen, um mir seine Unterlagen anzuschauen und zu überprüfen, ob er ordnungsgemäße Rechnungen stellt.«

Auf den Gesichtern der Alten machte sich Enttäuschung breit, was hierzulande übrigens öfter vorkommt, wenn jemand nach einer ordnungsgemäßen Rechnung fragt.

»Nein, Jungs. Die Sache scheint mir wirklich aus der Luft gegriffen. Aber vielleicht kann ein kleiner Versuch nicht schaden.«

Die Kommissarin hob den Blick in Richtung des rüstigen Quartetts und saugte ein letztes Mal an ihrem Strohhalm. »Offiziell kann ich nichts unternehmen. Ich kann noch nicht einmal unsere Datenbank anzapfen. Aber wenn ich richtig verstanden habe, dann kennt jemand von Ihnen diesen Magier.«

Die Gesichter der Alten öffneten sich zu einem achtspangigen Lächeln.

»Also, im Augenblick können wir höchstens versuchen, auf offiziösem Wege ein wenig mehr über Marcello Barbadori alias Atlas den Photonischen herauszufinden. Ansonsten heißt es warten, was passiert. Damit ich ermitteln kann, müsste schon jemand Anzeige erstatten, oder aber ...«

»Ja?«

Da war es wieder, das hintergründige Lächeln. Ein Lächeln, bei dem man einen völlig anderen Eindruck von der jungen Frau bekam und die Kommissarin zu Alice wurde, und das in einem Tempo, dass es sich gar nicht lohnt, komplizierte Vergleiche dafür zu suchen.

»Hören Sie, Aldo, könnten Sie mir einen Gefallen tun?«

»Zu Diensten«, antwortete Aldo galant. Schließlich steht da eine Frau, die lächelt. Wie sollte man da Nein sagen?

»Wunderbar. Ich mag es, wenn jemand die Form zu wahren weiß. Also, die Personen, von denen Sie neulich sprachen, die Gäste des Agriturismo, die waren nicht zufällig ein weiteres Mal zum Essen da?«

»Doch, sie kommen inzwischen ständig. Ich erwarte sie auch heute zum Abendessen.«

»Na ausgezeichnet. Was ist los?«

Während Alice Massimo ansah – kurzzeitig wieder ganz die Kommissarin –, schoss ihm die Frage durch den Kopf, was zum Henker er getan haben mochte, dass man ihm sein Unwohlsein anmerkte.

»Entschuldige, wenn ich mir erlaube, mich in deine

Arbeit einzumischen« – wobei dich das eigentlich gar nicht zu stören scheint –, »aber falls du etwa erwägen solltest, irgendwelche illegalen Aktivitäten in diesem Restaurant zu organisieren, so möchte ich zu Protokoll geben, dass ich nicht einverstanden bin. Und angesichts das Aufwands, den du betreibst, um alles korrekt ablaufen zu lassen, verstehe ich das ehrlich gesagt auch nicht.«

Erneut überzog das hintergründige Lächeln das Gesicht der jungen Frau mit einem milden Schimmer.

»Hier geht es doch um nichts Illegales, mein Lieber. Erinnerst du dich an Alberto Tomba?«

»Den Skifahrer?«

»Mir ist kein Staatsoberhaupt dieses Namens in Erinnerung«, gab die Kommissarin zurück. »Also, wenn es nach mir geht, dann läuft das genau wie bei Tomba. Der kam damals drauf, dass die Stangen beim Spezialslalom nicht mehr aus Holz waren, sondern aus Plastik, das heißt leicht und biegsam an der Basis. Und da kostete es viel weniger Zeit, wenn man sie einfach volle Kanne umfuhr, die Beine natürlich auf der richtigen Seite, als wenn man vorsichtig außen herumgekurvt wäre. Weißt du noch, was das zur Folge hatte?«

»Na klar. Eine schnelle, unaufhaltsame Abfahrt.«

»Zwei Sekunden Vorsprung auf die Konkurrenz«, verbesserte ihn die Kommissarin, die zwar noch immer lächelte, aber mit den Augen wieder zur Kommissarin wurde. »Mit der einen oder anderen Landung auf dem Hosenboden, klar. Das kommt vor. Wir suchen hier nach einer Vermissten. Wir können uns nicht leisten, weitere Zeit zu verlieren oder uns Sorgen um unsere Unfehlbarkeit zu machen.«

Massimo hielt wenig überzeugt die Handflächen nach oben.

»Ich will davon nichts wissen.«

Das Lächeln der Kommissarin wurde ein klein wenig breiter.

»Du kannst beruhigt sein, niemand erwartet deine Mithilfe.«

Sechsunddreißig durch sechs

»Na, wie ist es gelaufen?«

»Gut, gut.« Aldo sah von seinem Heft auf. »Wir hatten achtundzwanzig Essen. Zwanzig in der ersten Schicht, dann kam gegen elf noch eine Gruppe von acht Gästen. Und die haben auch noch ziemlich viel bestellt.«

»Da wird sich Tavolone aber gefreut haben.«

Aldo wandte die Augen wieder dem Heft zu und schmunzelte. Um ihn herum lächelte auch das Bocacito in schummerigem Licht vor sich hin.

Das Bocacito hatte jeden Abend geöffnet, und alle Lichter blieben an, bis der letzte Gast gegangen und außer Sichtweite war, also einmal um die Ecke. Bis zu dem Moment blieb das Küchenpersonal in der Küche, die Kellner im Saal und jeder bereit, auf sämtliche Wünsche einzugehen. Erst wenn das Restaurant mit sich allein war, drehte Aldo die Lichter herunter, krempelte die Hemdsärmel um und machte sich an die Abrechnung. Seiner Ansicht nach war das ein Zeichen von Respekt gegenüber den Gästen. Ich bewirte hier nicht jeden, der hereinkommt, hatte er Massimo einmal erklärt: Ich bewirte jeden einzelnen Menschen, der das tut. Es gibt nichts Schlimmeres, als beim Abendessen zu sitzen, wenn der Koch in einer fettigen Schürze hinter den Tresen geht, um sich einen Espresso zu gönnen, während der Wirt und die Kellner am hintersten

Tisch herumfläzen und ganz offensichtlich darauf warten, dass man endlich die Biege macht.

»Als es schlechter lief, wurde in der Küche Karten gespielt. Wenn Tavolone sauer auf die Gäste ist, dann haben wir wenigstens welche.« Aldo sah abermals auf und schraubte den Federhalter zu. »Und früher oder später wird er sowieso sauer. Besser auf die Gäste als auf mich.«

»War sonst noch etwas?«

Aldo tat so, als dächte er kurz nach.

»Ach ja. Man müsste mal sehen, ob nicht noch mal roter Thunfisch zu bestellen wäre. Gigli hat mich angerufen, er hätte da ein Fünf-Kilo-Stück. Bestes Filet vom roten Thunfisch, nicht dieses Kleinzeug. Allerdings ist ja dann erst mal zu …«

»Ich sehe da kein Problem. Wenn er ihn nicht schon eingefroren hat, ist alles gut. Wir schneiden das Ding in fünf Scheiben, machen fünf einzelne Kilostücke daraus, und ab in den Schockfroster.«

Aldo schüttelte den Kopf.

»Tja, also, wenn mir in jungen Jahren jemand gesagt hätte, dass ich mal Tiefkühlfisch verkaufe …«

»Schockgefrostet, bitte. Das ist etwas ganz anderes.« Massimo erhob sich von seinem Stuhl. »Wenn du frisch gefangenen Thunfisch natürlich lieber zu Sushi verarbeitest, solange er noch warm ist und sich die Stäbchenbakterien drin tummeln, nur zu. Bloß machst du das dann bitte bei dir zu Hause. So ist es nun mal gesetzlich geregelt.«

»Schon klar, so ist es gesetzlich geregelt.«

Einige Sekunden lastete Schweigen auf dem Raum.

»Na ja, netter Versuch«, sagte Aldo, während er aufstand und seine Jacke holen ging.

»Dann hast du also nicht vor, mir etwas zu sagen?«

»Nein, kein Wort. Die Kommissarin hat sich da sonnenklar ausgedrückt.« Aldo imitierte Alices Gestik mit der Gewandtheit des geborenen Schauspielers. »›Er will von nichts wissen? Dann soll er auch wirklich von nichts wissen. Wenn Sie ihm etwas verraten, haben Sie ein Verfahren am Hals.‹«

»Mein eigener Partner fällt mir in den Rücken«, sagte Massimo mit gespieltem Pathos. »Vor die Wahl gestellt, entscheidet er sich für sie.«

»Du wirst wohl zugeben, dass diese Entscheidung leichtfällt«, stieg Aldo auf das Spiel ein.

»Du bist ein alter Mann«, versetzte Massimo.

»Ich schon«, antwortete Aldo, ohne Massimo anzusehen. »Aber du nicht. Gute Nacht, geschätzter Partner.«

Gute Nacht.

Von wegen gute Nacht, Scheiße noch mal.

Massimo stand am Fenster, die letzte Zigarette des Tages in der Hand, und betrachtete im hübschen Dunkel der Gartenlampen seinen frisch gemähten Rasen. Das Einzige, was in seinem Privatleben in Ordnung war.

Anfangs hatte der Umzug von der Stadt nach Pineta Massimo in eine Art jugendliche Begeisterung versetzt. Er hatte begonnen, sich wieder täglich zu rasieren, und hatte die Wohnung mit einem Anstrich von Bürgerlichkeit eingerichtet, unter besonderer Beachtung des Gartens: des Bereichs seiner Wohnung, der ihm am meisten Freude machte, wegen der frischen Luft, des Sonnenlichts und weil man dort den pestilenten Ausdünstungen des Gorgonendings deutlich weniger ausgesetzt war – des menschenähnlichen

Geschöpfs, das ein bösartiges Schicksal ihm als Nachbarin zugewiesen hatte. Eine Art Oger in Bademantel und Pantoffeln, nur dass sie keine Wildkräuter und Leichenteile in geheimnisvollen Kesseln kochte wie ein Oger, der auf sich hält. Vielmehr briet sie in gewaltigen Pfannen, in denen sich schichtenweise Dinosaurierfett abgesetzt hatte, alles Essbare, was ihr in die Finger kam.

Den Rest der verfügbaren Zeit verbrachte das Gorgonendings mit dem Hausputz und unverständlichen Telefonaten mit den Kindern, in einer Sprache, die Massimo letztlich als Abruzzeser Dialekt eingeordnet hatte. Das alles konsequent bei laufendem Fernseher, die Sendungen von einer Seichtheit sondergleichen: Talkshows, deren hirnfaule Teilnehmer durch ihre bloße Anwesenheit Darwin widerlegten, Talentshows, in denen bis auf den Programmtitel alles talentfrei war, und allerlei weiterer Müll, die Zurschaustellung des Unglücks und der absurden Erfahrungen von Menschen, damit sich das Publikum an seiner eigenen mutmaßlichen Normalität erfreuen konnte. Zum Beispiel die Abmagerungskuren amerikanischer Extremfettsäcke – wer dem beiwohnte, fasste den tröstlichen Gedanken, er selbst habe doch nur leichtes Übergewicht – und ähnliches Zeug mehr, dessen Aufnahme der menschliche Geist verweigert, auch wenn er sehr wohl in der Lage ist, es herzustellen.

Momentan zum Beispiel lief bei diesem Fleischbrocken von Nachbarin ein herrliches Programm über Vermisstenfälle mit rätselhaften Umständen, und was für ein Zufall, gerade war die Rede von Vanessa Tonnarelli. Immer wieder wehten Wortfetzen an Massimos Ohr.

»… fassen wir also zusammen. Das Abendessen war geplant. Die Zutaten dafür eingekauft. Gegen fünf bin ich wieder da, so Signora Tonnarelli am Vormittag gegenüber den Gästen ihres Agriturismo. Aber an jenem Abend kommt Vanessa Tonnarelli nicht nach Hause. Weder erscheint sie um fünf, noch ist sie abends wieder da. Dazwischen liegt der wüste Streit mit ihrem Exmann, Gianfranco Benedetti, dessen Ausgang freilich nur der Mann selbst bezeugen könnte. Ab diesem Moment fehlt von Vanessa Tonnarelli jede Spur. Jetzt fragen sich die Leute: Wo ist die hin?«

Wo ist die hin. Komisch. Vielleicht ist sie ja auch einfach *hin*. Tja, Sprache kann schon ganz schön missverständlich sein.

»… Beschreibung von Vanessa Tonnarelli zur Zeit ihres Verschwindens: einen Meter und siebzig groß. Kräftiger Körperbau. Blonde Haare, Helmfrisur. Unterlippenpiercing. Für sachdienliche Hinweise …«

Natürlich ist dieses Doppeldeutige manchmal gar nicht so schlecht. Es lässt einen schnelle Schlüsse ziehen, ohne allzu große Vorüberlegungen. Jemand ist hin, das heißt er ist tot. So wie Vanessa Tonnarelli. Da sollte man sich keine Illusionen machen. Das Ganze ist über achtundvierzig Stunden her.

»… Vanessa Tonnarelli hatte keine Freunde. Sie und ihr Ehemann führten ein zurückgezogenes Leben, betrieben ihren Agriturismo. Aber das zählt wenig für die Menschen von Pineta, die danach verlangen zu erfahren, warum …«

Und wenn sie tot ist, dann hat wahrscheinlich wirklich der Mann sie umgebracht. Da waren die zwanzig Zentner Fleisch, die nicht zum Einsatz kamen, klar, und da waren die Streitereien. Da war der Mann oder Exmann und aktuelle Wohngenosse, der sich auf völlig unerklärliche Weise weigerte, ihr Verschwinden polizeilich zu melden. Auf der anderen Seite, kann das sein, dass jemand seine Frau umbringt, nur weil sie zu viel Fleisch gekauft hat? Na, und ob. Es gibt Leute, die stechen einander wegen eines Parkplatzes ab. Vielleicht geht ihm die Tante ja schon wochenlang auf den Senkel, und nicht ganz zu Unrecht, hält ihm ständig die Sache mit der Scheintrennung vor. Und wie so viele merkt sie nicht, wann der Zeitpunkt zum Aufhören gekommen ist. Sie kapiert nicht, dass es einen Moment gibt, in dem Vorwürfe in Verbitterung umschlagen. Da reicht dann der kleinste Anlass zum Streit, auch dass jemand ein paar Stücke Fleisch kauft, um vor den Gästen gut dazustehen, das ist dann das Fett, das das Fass zum Überlaufen bringt. Und wenn es so weit ist, gewinnt derjenige, der am lautesten schreit. Oder Schlimmeres. Im Übrigen ist doch einer, der eine Trennung vortäuscht, um seine Schulden nicht bezahlen zu müssen, zu allem fähig. Ein Geizkragen sein und jemanden umbringen, das sind allerdings zwei Paar Stiefel. Mir ist nicht bekannt, dass Dagobert Duck jemals des Entenmords beschuldigt worden wäre.

Depressive Gedanken können bekanntlich einige Umwege nehmen, aber vollends verlaufen sie sich nie. Da reicht der kleinste Ansatzpunkt, eine scheinbar lächerliche Verbindung, und sie tauchen wieder auf und werfen ihren Anker im Gehirn aus. Mag sein, dass sich immer mal wieder ihre Position verändert, los wird man sie nicht.

Im vorliegenden Fall hatte Massimo der Gedanke an Onkel Dagobert genügt, um einmal mehr in Trübsal zu verfallen. Denn nach der ersten Welle hektischer Freude über die neue Wohnung war seine anfängliche Begeisterung bald verloren gegangen, verdrängt von der rätselhaften Macht der Gewohnheit. Massimo hatte sich durch ständiges Wiederholen derselben Verrichtungen einen Weg durch die Tage gebahnt. Genau wie Onkel Dagobert, der im Kreis zu gehen begann, wenn er über fehlgeschlagene Geschäfte zu klagen hatte, bis seine Schritte eine Furche von der Form eines Napfkuchens in den Boden gegraben hatten. Also ein überschaubares Problem, aber ein Ende des Weges war nicht abzusehen.

Wenn ich daran denke, wie ich mich als Kind schiefgelacht habe.

Aber jetzt fand er sich in derselben Lage wieder, und dabei wurde ihm allmählich klar, dass diese verdammte Furche nicht nur da war, sondern auch immer tiefer wurde. Nach draußen zu schauen und einen Blick auf die wirkliche Welt zu werfen, erwies sich als immer schwieriger. Ganz zu schweigen davon, die Furche zu verlassen. Aus eigenen Kräften? Daran war gar nicht zu denken. Da würde schon jemand kommen müssen, der über Hartnäckigkeit verfügte und über einiges an Geduld, um ihn herauszuziehen. Hoffentlich kam derjenige bald, bevor er nicht mehr imstande wäre, über den Rand zu schauen, und sein Leben mit dem Tunnel verwechselte, den er sich eigenfüßig gegraben hatte. Sonst würde er bald keinen Grund mehr finden, um herauszukommen.

Ja, er brauchte jemanden, der ihn herauszog.

Aber er war allein.

Wie jede Nacht seit ungefähr zehn Jahren.

Weshalb ich noch einmal sage: Von wegen gute Nacht, Scheiße noch mal.

Oder nein, ich muss mich korrigieren: Was heißt da gute Nacht, ihr Wichser? Wenn wir schon vulgär werden, dann so, dass es in den Zusammenhang passt.

Sieben

»Ich sage achtundachtzig.«

»Und ich neunundachtzig. Gino?«

»Ich sage neunzig. Ampelio, kommst du über neunzig?«

»Nein, aber wenn ich vor dir sterben sollte, hinterlasse ich dir trotzdem nichts. Nein, neunzig reicht dicke.«

Es war fünf Uhr nachmittags. Draußen brüllende Hitze, nicht das leiseste Lüftchen, und wer sich umblickte, sah auch nicht den Schatten eines Deutschen, noch nicht einmal ein paar Deutsche im Schatten. Selbst unter der Ulme waren die Temperaturen unerträglich, außer vielleicht für Smaragdeidechsen und Einwohner von Florenz.

Im Inneren der Bar jedoch, unter dem Superventilator, der genauso gut als Schiffsturbine hätte dienen können, war das etwas völlig anderes. Nicht dass es da vor Leben gebrummt hätte, nur Massimo und die Alten saßen im Lokal, aber das war doch besser als gar nichts. Nachdem eine Billardpartie erwogen und verworfen worden war (man hätte dafür den Tisch beheizen müssen, sonst rollen die Kugeln nicht und man hat das Gefühl, auf Sand zu spielen), hatte der Senat sich einstimmig für eine Runde Fünfer-Briscola ausgesprochen, und der einzige Vertreter des Abgeordnetenhauses (also Massimo) schloss sich dem gerne an.

»Und, was sagt ihr?«, fragte Aldo und setzte sich wieder an den Tisch.

»Ich sage dir nur eins: Beim nächsten Mal, wenn du dabei bist, gehe ich beim Reizen nicht ans Limit, sondern bleibe bei einundsiebzig stehen«, antwortete Pilade missmutig. »Wir spielen jetzt seit einer halben Stunde, und du warst schon acht Mal beim Pieseln.«

»Du bist ja unerträglich, Mensch«, sagte Aldo, ohne die Fassung zu verlieren. »Es ist heiß, da trinke ich eben.«

»Ja, das merkt man. Wenn einer nüchtern so spielen würde, müsste man ihn zwangseinweisen«, gab Ampelio zurück. »Gino kommt raus, er hat neunzig angesagt.«

»Neunzig?« Aldo zog die Augenbrauen hoch. »Respekt. Und wen nimmst du mit?«

»Hm, mal sehen … « Rimediotti warf einen raschen Blick auf sein Blatt, könnte sich ja etwas geändert haben, während er nicht hinsah. »Den Münz-Buben.«

»Ich an deiner Stelle würde ja die Karo-Dame nehmen«, sagte Pilade, von seinem Blatt aufschauend.

»Na, du gefällst mir«, sagte Rimediotti. »Hast ja wohl nicht du das Reizen gewonnen.«

»Kann schon sein«, antwortete Pilade und warf einen Blick zum Eingang. »Aber wenn du mich fragst, wird das mit der Karo-Dame viel lustiger.«

Seine vier Mitspieler drehten die Köpfe Richtung Außenwelt. Von der Glastür gerahmt und halb hinter Ulme und Hecke zu sehen, ging ein seltenes Exemplar der Gattung Kommissarin in einem karierten Sommerkleid über den Platz. Und auf dieser Seite der Piazza gibt es nur den Zeitungsstand und die BarLume.

Um fünf Uhr nachmittags hat man die Zeitung in aller Regel schon gekauft, oder?

Die Tür, die das Billardzimmer vom Hauptraum der BarLume trennte, war vollkommen schalldicht.

Massimo hatte das vor Jahren ausdrücklich so gewollt: Seine vier hochgeschätzten Nippesfiguren aus dem Antiquariat sollten während ihrer Partien von den übrigen Gästen getrennt bleiben, optisch wie akustisch. Mochte eine geschlossene Tür die Gefahr bannen, mit ansehen zu müssen, wie ein Rimediotti im Streifenhemd, die Hose auf Höhe des Sternums, sich unter braungebrannten und tätowierten Dreißigjährigen tummelte, der Zar der Ausgezehrten. Aber es bestand doch immer noch das Risiko, dass das Aperitifgeplänkel, das sich hauptsächlich um die sinnfreie Frage drehte, wer den dicksten Wagen hatte, auf die unvorhersehbaren, an sich jedoch äußerst absehbaren Schimpftiraden der drei Rentendiebe plus Aldo prallte.

Seine weise Planung erfüllte Massimo in der Regel mit Stolz.

Heute hingegen ärgerte ihn die Vorstellung nicht wenig, dass auf der anderen Seite der Tür die Kommissarin eine Plenarsitzung mit den drei alten Knackern abhielt und er nicht die geringste Chance hatte, einen auch noch so kleinen Gesprächsfetzen aufzuschnappen.

Vierzig Minuten.

Die sind seit vierzig Minuten da drin. Ich kann mir lebhaft vorstellen, wie sich die vier satt und selbstzufrieden um sie drängen, und sie sitzt wahrscheinlich auf dem Billardtisch. Hoffen wir, dass sie wenigstens die Schuhe ausgezogen hat. Oder noch besser, hoffen wir, dass jemand hereinkommt und sagt, er würde gern eine Partie spielen.

Stattdessen kam jemand heraus, Del Tacca, um genau zu sein, der mit einer Billardkugel in der Hand in der Tür auftauchte und, die Kugel träge in der Rechten rollend, auf den Tresen zusteuerte.

»Guten Tag, Pilade«, adressierte ihn Massimo in gespieltem Ernst. »Was tust du da, spielst du Sonne und Erde?«

»Etwas tue ich, mach du dir keine Sorgen«, gab Pilade zurück. »Aber wenn du schon hier bist, tu doch bitte ebenfalls was, mein Guter. Wir hätten gern einen Sambuca mit Fliege, einen Prosecco, einen Crodino ...« – Pilade seufzte – »... und ich nehme mal ein Glas Mineralwasser. Signorina Alice möchte wie üblich einen Cappuccino. Stell's mir auf ein Tablett, ich bringe es dann schon rüber.«

»Aber ich bitte dich. Gebt mir eine Minute, ich bin gleich bei euch.«

»Also, ich mache Ihnen jetzt mal einen Vorschlag nach dem Prinzip *do ut des*«, sagte Alice gerade, die in der Tat mit übergeschlagenen Beinen auf dem Billardtisch saß, während Massimo mit einem Tablett hereinkam, auf dem Flüssigkeiten und Schaum sich ungefähr die Waage hielten. »Ich verrate Ihnen, was meine Datenbankabfrage zu diesem Signor Barbadori alias Atlas der Leuchtende ergeben hat, und Sie erzählen mir ein paar Dinge, die in unserer Datenbank nicht zu finden sind.«

»Wieso, laufen inzwischen offizielle Ermittlungen?«, fragte Massimo, während er mit gleichgültiger Miene Gino seinen Prosecco servierte.

»Ja, mein Lieber«, antwortete die Kommissarin. »Dank deinem Partner hier. Aber darüber reden wir besser ein andermal. Danke.«

»Bitte sehr«, antwortete Massimo und stellte die Tasse vor ihr ab. Die junge Frau nahm einen prüfenden Schluck, fuhr sich mit der Zungenspitze über die Oberlippe und sprach weiter.

»Na gut. Fangen wir mit den beteiligten Personen an. Marcello Barbadori, neunundvierzig Jahre alt, geboren in Scarlino, wohnhaft in Pineta, verheiratet mit Terje Luts, dreiundvierzig Jahre alt, geboren in Tallinn. Hatte jemand das Vergnügen mit der Dame?«

»Na, und ob«, antwortete Pilade.

»Und was für eins«, versetzte Ampelio.

»Heißt das, Sie kennen sie alle?«

»Sagen wir's so, eine Menge Leute würden sie gerne kennen«, gab Aldo zurück. »Ich meine, im biblischen Sinn *erkennen.*«

»Na, so eine Überraschung«, lächelte die Kommissarin. »Ich sage nur M-A-N-N. Mistkerl, Affe und zwei Mal Narr.«

»Das ist halt der gesunde Instinkt, den die Evolution uns mitgegeben hat«, verteidigte sich Aldo. »Aber ja, die Dame ist stadtbekannt. Ich wusste nicht, dass sie mit Barbadori verheiratet ist. Nicht, dass das so einen großen Unterschied machen würde.«

»Mir gefällt sie nicht«, sagte Gino. »Die hat so blaue Augen, die sind wie aus Eis. Von dem Blick wird einem ganz anders.«

»Klar, wenn dich so eine anschaut, wird dir natürlich ganz anders«, kicherte Ampelio. »Du erinnerst mich an die Werbung für die Kirchensteuer. So wie du dastehst, glaubst du doch, sie nimmt Maß für den Sarg, wenn sie ein bisschen zu lange hinguckt.«

»Ist gut, ich habe schon verstanden. Die Dame sieht umwerfend aus. Gibt es sonst was Interessantes?«

»Sie ist wahnsinnig eifersüchtig auf ihren Mann«, sagte Aldo. »Das hat schon etwas Peinliches. Vom Äußeren her würde man meinen, es ist umgekehrt. Jedenfalls hält sie ihn an der ganz kurzen Leine. Sie ist nicht nur seine Frau, sie macht auch die Sekretärin. Dann hat sie nämlich die Klientinnen im Blick, falls ihm mal in den Sinn kommt, mit einer zu flirten.«

»Tja, bei den Klientinnen, die ich kenne, besteht da wohl kaum Gefahr«, mischte sich Pilade ein.

»Ach ja, Sie kennen jemanden, der bei ihm gewesen ist?«, fragte Alice und drehte sich zu ihm um.

»Na sicher, ich habe gestern Abend meine Frau gefragt, und da hat sich herausgestellt, dass eine Freundin von ihr zum Kartenlegen bei ihm war«, erklärte Pilade und breitete die Handflächen aus, wie um zu sagen: Mit wem meine Frau befreundet ist, darauf habe ich keinen Einfluss. »Mir brummt jetzt noch der Kopf von dem Gerede.«

»So, was hast du denn zum Abendessen getrunken?«

»Aber egal«, ging Pilade über Ampelios Einwurf hinweg, »der Freundin meiner Frau zufolge ist der Typ unfehlbar. Der trifft ins Schwarze, das glaubt man gar nicht. Ob es um Schulden geht oder darum, dass einer Hörner aufgesetzt kriegt, er bringt nichts durcheinander. Du kommst hin, er begrüßt dich, und dann bittet er dich, die Taschen auszuleeren und sagt: ›Sie brauchen mir kein Wort zu erzählen. Wenn Sie Zweifel haben, dann behalten Sie für sich, was Ihnen auf dem Herzen liegt. Die Toten lügen nie. Und was ich über Sie wissen muss, erfahre ich von dem Fluidum, von dem Ihre persönlichen Gegenstände durchzogen sind.‹ Dann bringt er dich in einen dunklen Raum, und du sollst zehn Minuten drinbleiben und an die Person denken, wegen der du zu ihm kommst, das kannst du selber sein oder jemand anderes. Am Ende bittet er dich, eine Woche später wiederzukommen, und ihr redet drüber.«

Del Tacca breitete die Arme aus.

»Vilmas Freundin war bei ihm, weil sie Angst hatte, dass ihr Enkel Drogen nimmt. Und dieser Typ sagt ihr nach einer Woche: ›Sie haben Angst, dass Ihr Enkel in schlechte Gesellschaft geraten ist und dass er zum Drogenkonsum verführt werden könnte. Haben Sie ein wachsames Auge auf Ihren Enkel, Signora: Ich kann nur die Gegenwart sehen, und in dieser Woche war da nichts, aber ich kann nicht ausschließen, dass mal was passiert ist oder wieder passieren wird.‹ Eine Woche später kramt sie im Rucksack des Enkels, und was findet sie? Eine Tüte voll Gras.«

»Sag mal, Vilmas Freundin«, fragte Ampelio, »das ist nicht zufällig die Jole, die Frau von Tritone?«

»Doch, genau die.«

»Na, da braucht's schon einen Magier, um zu erfahren, dass ihr Enkel Drogen nimmt«, bemerkte Ampelio. »Der ist doch ein Nichtsnutz, wie er im Buch steht. Da hätte sie auch mich fragen können, wäre sie deutlich günstiger gekommen.«

»Kann sein, aber das ist nicht der springende Punkt«, widersprach Pilade. »Er wusste nicht bloß die Antwort auf die Frage, er wusste auch die Frage selbst. Und sie hatte ihm noch nichts gesagt.«

»Sie nicht«, meinte Ampelio skeptisch. »Aber vielleicht jemand anderes.«

»Die Geschichte hat mir Tavolone auch erzählt«, schaltete sich Aldo ein. »Dieselbe Methode, dieselben Worte. Nur dass ihm der Magier nach den zehn Minuten Meditation gesagt hat: ›Signor Brondi, ich kann Ihnen nicht helfen. Ich habe die Toten befragt, und sie haben geantwortet, dass bei Ihnen nichts vorliegt, was Ihnen Angst machen könnte. Wenn ich jetzt tätig werde, würde das nur schaden. Gehen Sie ruhig heim und vertrauen Sie auf den, der seine Hand über Sie hält.‹ Und dafür hat er keinen blanken Heller verlangt.«

»Tavolone war auch bei ihm?« Ampelio schüttelte den Kopf. »Heilige Mutter Gottes, die Welt ist voller Einfaltspinsel …«

»Das ist ein Instinkt, so alt wie der Homo sapiens«, sagte Aldo. »Du bekommst genau das gesagt, was du in dem Augenblick hören willst. Diese Typen sind oft richtige Psychologen. Die können noch aus deinen kleinsten Reaktionen herauslesen, was du von ihnen erwartest.«

»Und ihre Klienten sind Trottel«, schloss Ampelio. »Ich habe überhaupt nicht das Bedürfnis, das zu hören, was ich erwarte.«

»Das sagst du so«, entgegnete Aldo. »Aber wer liest seit vierzig Jahren täglich die *Unità*?«

»Was hat die *Unità* damit zu tun?«

»Immer mit der Ruhe«, griff die Kommissarin ein, als unbestrittene Vertreterin der Mitte. »Ihre Ausführungen bestätigen jedenfalls, was ich schon vermutet habe, und wir hatten ja auch von Anfang an in diese Richtung gedacht.«

Massimo spitzte die Ohren.

»Wie ich bereits sagte, lohnt es sich, diesen Signor Barbadori sorgfältig unter die Lupe zu nehmen. Für Sie mag er ein ehemaliger Radsportler sein, für die Einwohner von Pineta ein unfehlbarer Magier …« – Pause, Schlückchen Cappuccino – »… aber für die italienische Justiz ist er in erster Linie ein Betrüger. Spezialisiert auf etwas, das man Gaußsche Täuschung nennt.«

»Gaußsche Täuschung?«

»Das ist eine Art Finanzbetrug«, schaltete sich Massimo ein. »Die Sache funktioniert wie folgt.«

Massimo nahm zwei Blatt Spielkarten vom Tisch, die einen mit roter, die anderen mit blauer Rückseite. Dann setzte er sich vor Aldo, seinen bevorzugten Gesprächspartner in Fällen, in denen seine Darlegungen eine gewisse geistige Anstrengung erforderten, und begann:

»Nehmen wir an, du bekommst eines schönen Tages einen Brief etwa folgenden Inhalts: ›Sehr geehrter Signor Griffa, erlauben Sie, dass ich mich vorstelle: Mein Name ist Matthew Cleverfield und ich bin Finanzberater. Im Wissen darum, dass sich auf meinem Tätigkeitsfeld zahlreiche Nieten und Betrüger tummeln, doch durchaus auch um Werbung für mich zu machen, schicke ich Ihnen diesen Brief, einen Beweis meiner Kompetenz in Finanzangelegenheiten. Ich garantiere Ihnen schwarz auf weiß, dass kommende Woche, am Tag X, die Aktien von FIAT steigen werden.‹ Und prompt steigen in der darauffolgenden Woche die FIAT-Aktien. Anschließend bekommst du einen weiteren Brief von demselben Typen, der dir voraussagt, dass die Aktien von FIAT in der kommenden Woche sinken werden. Und zack, in der folgenden Woche sinken sie. So geht das einen Monat lang, ein Brief nach dem anderen sagt dir voraus, was in der kommenden Woche geschehen wird. Nach einem Monat fragt der Verfasser der Briefe, ob du Interesse an einer Finanzberatung hättest. Würdest du so einem Typen trauen?«

»So wie du mich jetzt fragst, nein«, antwortete Aldo.

»Aber ich könnte dir nicht sagen, warum. Wenn ich tatsächlich solche Briefe bekäme, würde ich wahrscheinlich anbeißen.«

»Und das wäre ein Fehler.«

Massimo legte vor jeden der vier Alten eine Karte, zwei rote und zwei blaue.

»Beim ersten Mal verschickt Mr. Cleverfield eine bestimmte Anzahl von Briefen an eine beliebige Gruppe von Leuten. Sagen wir, tausend Stück. Die eine Hälfte enthält die Information, dass die FIAT-Aktien steigen, die andere, dass sie fallen werden. Und unser Freund notiert sich natürlich, welcher Adressat welche Variante erhält.«

Massimo zog zwei Karten aus dem Stapel und legte sie vor Pilade und Ampelio, die beide schon eine blaue Karte vor sich hatten. Eine rote für Ampelio und eine blaue für Pilade.

»In der folgenden Woche versendet Cleverfield den Brief nur an die Hälfte derer, die sein erstes Schreiben erhalten haben. Nämlich an diejenigen, für die seine Voraussage eingetreten ist. Und auch diesmal trifft er bei der einen Hälfte ins Schwarze und liegt bei der anderen Hälfte daneben.«

»Pilade, wenn du mich fragst, der hat's auf dich abgesehen«, bemerkte Ampelio.

»Geh doch zum Teufel«, entgegnete Pilade. »Und bleib dort. Ich hab's schon kapiert. Von den fünfhundert, bei denen die Voraussage beim ersten Mal gestimmt hat, bekommen zweihundertfünfzig noch mal eine richtige Voraussage.«

»Ganz recht«, bestätigte Massimo. »Und so geht es weiter, bis schließlich zweiundsiebzigeinhalb übrig bleiben, die einen ganzen Monat lang eine richtige Prognose nach der anderen gesehen haben und dir im Zweifelsfall auch ihr Haus zur Anlage überlassen würden, mitsamt den Kindern darin. Du musst nur auf eines achten: Dass du die Briefe an Leute versendest, die sich nicht kennen. Du schickst sie nach Zufallsprinzip in ganz Italien herum, Inseln eingeschlossen, und dann hoffst du auf das Beste.«

Die Kommissarin nickte zustimmend und ließ ihren Blick über das geneigte Publikum schweifen (geneigt wohin?, doch immer noch sehr dem Leben zu).

»Sie haben verstanden, mit was für einem Menschen wir es da zu tun haben?«

Allgemeine Zustimmung.

»Na schön, angesichts seines Charakters und auch der Art, wie er die Geschichte im Fernsehen dargestellt hat, würde es mich nicht wundern, wenn Vanessa Benedetti tatsächlich bei ihm gewesen wäre, um sich zu erkundigen, ob ihr Mann vielleicht etwas Böses gegen sie im Schilde führt. In dem Fall könnte es auf eine hübsche kleine Erpressung hinauslaufen.«

Die junge Frau vollzog ein komplexes Manöver, um vom Tisch zu rutschen, ohne dabei die Schenkel zu entblößen, was ihr mit einer beachtlichen athletischen Leistung gelang, und fuhr fort:

»Es liegt auf der Hand, dass Atlas nicht weiß, wo Vanessa Benedetti sich aufhält, aber es ist ebenso klar, dass ihm das völlig egal ist. Ihm geht es nur um eines, nämlich Benedetti sagen zu können: ›Deine Frau hatte Angst vor dir, und ich kann das beweisen. Entweder du zahlst, oder ich zeige dich an.‹ An dem Punkt sind Ermittlungen unvermeidlich.«

»Ja, das klingt plausibel«, gab Massimo zu. »Aber ermittelt wird doch sowieso schon.«

Na los, sag's ihm, riefen die Gesichter der Alten im Chor, erwartungsfroh der Kommissarin zugewandt.

»Ich habe lediglich Aldo um eine kleine Information ersucht«, sagte die Kommissarin, während ein weiteres Mal ihr hintergründiges Lächeln aufschien. »Ich habe ihn gebeten, den Gästen aus dem Agriturismo beim Abendessen eine Frage zu stellen: Ob sie zufällig mitbekommen hätten, dass Benedetti Atlas' Sendung gesehen hat, und wenn ja, was er davon hielt.«

»Verstehe. Ein Glück, dass einer von ihnen Italienisch kann, nicht wahr?«, sagte Massimo mit einem Seitenblick zu Aldo.

»Irgendeiner kann immer Italienisch«, bemerkte Ampelio. »Den braucht man doch, damit er die Bestellungen übersetzt.«

»Für den Fall, dass Benedetti sich die Sendung nicht angesehen hätte«, sprach Alice weiter, »sollte Aldo den Hotelgast bitten, Benedetti genau zu erklären, was gesendet worden war. Und dann sollten sie so freundlich sein, heute Vormittag zu mir aufs Revier zu kommen und zu berichten, was passiert wäre.«

Na gut, das ist schon mal was. Ich hatte mit Wanzen unter dem Tisch gerechnet oder damit, dass sich die Kommissarin hinter der Hecke des Restaurants versteckt, mit einem Richtmikrofon wie beim Gentleman-Gangster Diabolik.

»Verstehe. Und was kam dabei heraus?«

»Dass Benedetti von nichts wusste. Und weißt du, wie er reagiert hat, als sie's ihm gesagt haben?«

»Nein. Wie?«

»Ziemlich unbeherrscht. Das habe ich heute Vormittag erfahren. Anscheinend hat er Atlas angerufen und ihm gesagt, wenn sie sich mal über den Weg laufen, schickt er ihn ebenfalls zu einem Gespräch mit den Toten, und zwar ohne dass er dazu erst in Trance fallen muss. Er soll auch etwas über Messer und andere Blankwaffen gesagt haben, die sich in seinem Besitz befänden, und ausgeführt haben, wie er sich ihrer bedienen könnte. Rein zwischenmenschlich gesehen lässt das tief blicken. Rechtlich gesehen handelt es sich eindeutig um Bedrohung. Erschwerte Bedrohung. Und damit von Amts wegen zu verfolgen, selbst wenn die Information aus unbeteiligter Quelle stammt und keine Anzeige vorliegt.«

Die Kommissarin strich ihr kariertes Kleid glatt und ging federnden Schrittes zur Tür.

»Schön, meine Herren, nun liegt die Sache in den Händen der Justiz. Ich danke Ihnen ganz herzlich für Ihre Hilfe. Gleichzeitig nehme ich an, dass es sich erübrigt, Ihnen von inoffiziellen Ermittlungen jedweder Art nachdrücklich abzuraten.«

»Schon gut, Signorina Commissaria«, sagte Pilade mit rundwangigem Lächeln. »Wenn wir mal wieder unserer Bürgerpflicht nachkommen können, stehen wir gerne zur Verfügung.«

Ein schnelles Abschiedsnicken in die Runde, und die Kommissarin verließ das Lokal. Massimo räumte die leeren Gläser ab und wandte sich seinerseits dem Hauptraum zu.

»So, Jungs, wenn ich das mal sagen darf, es ist fast sieben. Tut mir leid, euch das in Erinnerung rufen zu müssen, aber vielleicht ist es besser, wenn ihr euch langsam auf den Heimweg macht.«

»Schau an, Massimo ist ja aufmerksam heute Abend«, sagte Ampelio und stemmte sich auf seinen Stock, um hochzukommen. »Jetzt fängt er auch schon an, an die Familie zu denken.«

»Tja, wenn man mal die Richtige gefunden hat …«, sprang Pilade ihm bei, während er sich mit einer komplexen Bewegungsabfolge aus dem Armsessel befreite. Dazu nickte er mit der Miene eines Mannes, der genau weiß, wovon er spricht.

»Also, was deinen Geschmack betrifft, Massimo, da kann man wirklich nichts sagen«, meinte Gino mit einem energischen Nicken. »Ein bisschen dünn vielleicht, aber schon sehr hübsch. Und seien wir ehrlich, sie muss ja auch ein Hirn haben, das mit deinem mithalten kann.«

»Darf man mal erfahren, was ihr da quatscht?«

Pilade, der inzwischen stand, trippelte mühsam auf Massimo zu.

»Du hast gerade gesagt, es ist gleich sieben. Eben war es noch halb sechs. Du weißt schon, als ich mit einer Billardkugel in der Hand zu dir gekommen bin. Willst du jetzt wissen, warum ich vorhin eine Billardkugel in der Hand hatte?«

Wenn das so wichtig ist …

»Ich hatte eine Billardkugel in der Hand«, unterstrich Pilade, falls jemand nicht mitbekommen haben sollte, worum es ging, »weil mich die Kommissarin gebeten hat, einen Cappuccino für sie zu bestellen, und da habe ich ihr gesagt, dass du grundsätzlich nach Mittag keinen Cappuccino machst. Hast du noch nie. Und weißt du, was sie gesagt hat?«

Während Massimo stumm blieb, streckte Pilade die Hand aus und griff zur fraglichen Billardkugel.

»Sie hat mir diese Kugel in die Hand gedrückt und gesagt: ›Pilade, wenn er gleich mit den Sonnenschirmen kommt, dann nehmen Sie das Ding und werfen es ihm an den Kopf. Ich sage für Sie aus, Sie hatten mit der Sache nichts zu tun.‹ Jetzt sag mal, was hast du da auf dem Tablett?«

»Er hat sogar zugeschaut, wie sie den Cappuccino auf dem Billardtisch trinkt …«, legte Ampelio nach, an wessen Adresse auch immer.

»Fassen wir zusammen«, schloss Aldo im Tonfall dessen, der die Fakten zur Kenntnis nimmt. »Seit Eröffnung der Bar hast du noch nie außerhalb der üblichen Zeiten einen Cappuccino gemacht, und wenn einer von uns hässlichen alten Knackern sich dem Billardtisch auch nur mit einem Bonbon im Mund nähert, dann zwingst du uns, es auszuspucken. Das lässt nur einen Schluss zu.«

So ist es: Man hätte die Alten gleich in der Wiege umbringen sollen.

Es ging gegen ein Uhr morgens, und das Bocacito war inzwischen leer, bis auf die ungreifbare Anwesenheit von Arcangelo Corelli aus Fusignano, der das Lokal mit dem Widerhall seiner *Kirchensonate* op. 1, Nr. 3 füllte. Massimo und Aldo saßen an ihrem Tischchen, offenbar unempfänglich für die Melodie, und überprüften ganz prosaisch den Kassenstand, während Tiziana zum sanften Rhythmus der Geigen hüftwiegend den Boden wischte. Ein Schauspiel, das von der Kirche womöglich missbilligt worden wäre, den guten Corelli jedoch nicht wenig getröstet hätte.

Aldo nahm die Brille ab, fuhr sich mit der Hand über die Augen und sah Massimo an.

»Und, stimmt jetzt alles? Können wir zumachen?«

»Ja, in Ordnung.« Massimo stand auf und streckte sich. »An einem Feiertag volles Haus, mit hundertfünfzig Aperitifs. Da würde ich mal sagen, ich kann mich nicht beschweren.«

»Na, das ist ja eine prima Nachricht. Hör zu …«

Massimo hielt in seiner Entspannungsübung inne. Ein »Hör zu« von Aldo, in diesem Ton, bedeutete immer Unannehmlichkeiten. Ganz abgesehen davon, dass Tiziana auf sein Stichwort hin das Hüftwiegen eingestellt und sich aufgerichtet hatte, die Hände fest um den Besen geschlossen.

»Was ist?«

»Heute Abend war schon wieder Marchino da.«

»Er allein?«

»Mit drei Freunden. Sie sind den ganzen Abend geblieben. Und du hättest mal hören sollen, wie er das Lokal gepriesen hat. ›Na, Kinder, was zeige ich euch? Das beste Restaurant an der Küste, nicht mehr und nicht weniger. Stimmt's oder habe ich recht?‹ Den ganzen Abend ging das so. Man würde ihm ja schon gern den Hals umdrehen, wenn er die Klappe hält, jetzt kannst du dir vorstellen, was …«

»Gut.«

»Gut?«

»Ja, gut.« Massimo entspannte sich sichtlich wieder. »Das sieht mir kaum aus wie das Verhalten eines Stalkers. Wenn so einer was Übles vorhat, tritt er normalerweise alleine auf. Marchino aber kommt mit seinen Freunden, das heißt …«

»Massimo, ich fürchte, genau das Gegenteil ist der Fall«, fiel Tiziana ihm ins Wort. Was nur bedeuten konnte, dass sie unter extremer Anspannung stand. Tiziana fiel anderen nie ins Wort. Das war einer der Gründe dafür, dass Massimo sie so schätzte.

Massimo verstummte. Nach einer kurzen Pause brach es aus Tiziana heraus.

»Marchino allein und Marchino in Gesellschaft, das sind zwei völlig verschiedene Leute. Und er weiß das auch, ich hab's ihm oft genug gesagt. Zu Hause war er ein Eigenbrötler. Seine PlayStation, sein Fußball im Fernsehen, das war's. Wenn er unter die Leute kommt, verändert er sich radikal. Er ist geistreich, sympathisch, er bringt einen zum Lachen. Und das weiß er. Wenn er sich so gibt, ist man gern mit ihm zusammen.«

Massimo sah Aldo an. Der jedoch mit den Augen und allen anderen Körperteilen der jungen Frau zugewandt blieb.

»Marchinos Problem ist, dass sie ihn verwöhnt haben«, setzte Tiziana die merkwürdige Verteidigung ihres Exmannes fort. »Er hat immer zu Hause gewohnt, wo ihm seine Mamma und die Schwestern jede Arbeit abnahmen, und er, als Erstgeborener und Mann, gab den Ton an. Wenn er in unsere Wohnung kam, schien er zu glauben, ich hätte am Rücken einen Knopf. Mit zwei Funktionen: Köchin oder Frau. Sobald wir zusammen ausgingen, war er ganz anders. Da war er wieder der Marchino, den ich kannte.«

»Okay, er bringt also seine besten Waffen zum Einsatz.« Es folgte ein Moment voller Peinlichkeit. »Also, entschuldige die Frage, Tiziana, aber du hast wirklich nicht im Mindesten die Absicht …«

Tiziana packte den Besen mit beiden Händen und hielt ihn quer in die Luft, als wollte sie sich mit einem Stock verteidigen.

»Wissen Sie, Aldo, meine zwei kleinen Brüder waren schon zehn Jahre jünger als ich. Und ich durfte praktisch die Mamma spielen. Ich habe auch deshalb so früh geheiratet, weil ich endlich von zu Hause ausziehen wollte. Ich habe nicht die mindeste Lust, jetzt auch noch für einen Erwachsenen die Mamma zu geben. Ich brauche einen reifen Partner. Einen, der keine Angst hat, dass er sich nicht wie ein echter Kerl fühlt, wenn er mal selbst die Wäsche aufhängt. Um es ganz klar zu sagen: einen wie Massimo. Ich habe wirklich nicht die Nerven, mit fast dreißig irgendeinem Typen von null auf zu erklären – einem Mann, mit dem ich mein ganzes Leben verbringen soll –, dass er erst mal den Klodeckel hochheben muss, bevor er … Verdammte Scheiße.«

»Verstehe«, sagte Aldo und nickte langsam. »Und was sollen wir jetzt machen?«

»Wir machen Folgendes. Beim nächsten Mal, wenn Marchino hier auftaucht, unterhalte ich mich ein bisschen mit ihm«, sagte Massimo und hoffte dabei, ruhiger zu klingen, als er sich tatsächlich fühlte.

»Massimo, ist es nicht vielleicht besser, wenn ich mit ihm rede?«

»Das glaube ich nicht. Ich glaube, du hast schon mal Klartext mit ihm geredet. Und danach hatte er gewisse Schwierigkeiten beim Sprechen. Du hast ihm zwei Schneidezähne ausgeschlagen.«

»Doch nicht mit Absicht.«

»Das weiß ich schon. Aber wenn er's nicht mal dann kapiert hat …«

Einen wie Massimo.

Während er zu Fuß nach Hause ging, klangen Massimo immer wieder diese drei Wörter nach. Und da hätte er alle

Heiligen anrufen können – wohin er seine Gedanken auch lenkte, er stieß doch unweigerlich auf diese Aussage.

Einen wie Massimo.

Nur schade, dass Massimo keine wie Tiziana brauchte. Oder besser, dass er Tiziana nicht brauchte, fertig, aus.

Eine junge Frau, die er mit neunzehn eingestellt, die er hatte groß werden sehen, der er eine ganze Menge Dinge beigebracht hatte und die für ihn mehr oder weniger in die Kategorie Nichte gehörte.

Das alles war natürlich die Meinung von Massimos Hirn. Und Massimo neigte dazu, hauptsächlich auf sein Hirn zu hören, das er für seinen wichtigsten Körperteil hielt, den am besten ausgestatteten und funktionalsten; wobei er vielleicht zu wenig berücksichtigte, von welchem Körperteil er diese Meinung bezog.

Aber da waren auch andere Komponenten, die ein gewisses Gewicht auf die Waage brachten, und in dieser schwierigen Lage fiel es ihm nicht leicht, sie zu ignorieren.

Als Gymnasiast hatte Massimo einmal eine Kurzgeschichte von Woody Allen über einen Chirurgen gelesen. Sie handelte von einem Mann, der eine intelligente und sanftmütige Frau hatte und daneben eine völlig bescheuerte Geliebte, die ihrerseits jedoch über ein spektakuläres Gestell verfügte und über eine natürliche Begabung für Schweinereien in jedem beliebigen Moment und unter jedweder Bedingung.

In einer dunklen, stürmischen Nacht brachte er die zwei Frauen in sein geheimes Labor, tauschte ihre Gehirne aus und kam so zur Frau seiner Träume. In die er aber schon nach einem Monat überhaupt nicht mehr verliebt war. Stattdessen verknallte er sich in eine Stewardess, deren knochige Brust und ländlicher Akzent ihn schier um den Verstand brachten.

Wenn ich dran denke, wie ich mich darüber schiefgelacht habe.

Ist auch zu komisch.

Ich würde solche Probleme ja niemals haben.

Alles kann einen zum Lachen oder zum Weinen bringen, je nachdem, ob man davon betroffen ist.

Acht

Wie lange eine Woche dauert, hängt entscheidend davon ab, was sich im fraglichen Zeitraum ereignet.

Eine Woche Hochzeitsreise auf die Malediven dauert genau eine Woche, wird nach der Heimkehr von unserem schwachen Fleich – Hard- oder Software? – zu einer wehmütigen Erinnerung eingedampft, deren Dauer etwa anderthalb Tage beträgt, allerhöchstens zwei, mutmaßlich um im Gedächtnis Speicherplatz einzusparen. Geht es hingegen darum, angstbesetzte oder traumatische Ereignisse in Erinnerung zu behalten, so werden diese mitsamt einer Vielzahl von Einzelheiten abgelegt. Zweifellos bringt das irgendeinen Evolutionsvorteil mit sich, welchen, ist unklar.

Eine normale Kalenderwoche wiederum dauert sieben Tage, wobei diese von wechselnder Länge sind, die sich nach keiner eindeutigen Regel bestimmen lässt. Ein Sonntag kann kurz und wundervoll sein oder auch lang und eintönig, und den einzelnen Wochentagen schreibt jeder von uns eine andere Bedeutung zu. Es gibt sogar Menschen, die den Montag mögen; zu diesen zählte neben mehreren Tausend Friseuren auch Massimo, der es liebte, frühmorgens aufzustehen und die Zeitung zu lesen, wenn sich die Bar noch in seinem exklusiven Besitz befand. Und die *Gazzetta* am Tag nach den Ligaspielen ist nun einmal die befriedigendste Ausgabe der Woche.

Eine Woche im Krankenhaus wiederum, das Bein in einer Schlinge, sodass man reglos daliegen und sich mit Ärzten, Krankenpflegern und lästigen Verwandten herumschlagen muss, die man unter normalen Bedingungen meiden würde wie die Zeugen Jehovas, dauert einhundertachtundsechzig Stunden. Darunter auch jene, die man für gewöhnlich schlafend verbringt, doch wenn man ans Bett gefesselt und zur Ruhe gezwungen ist, mischen und verwischen sich diese Zeiten mit den Stunden des Wachens, ein ununterbrochener, nervtötender Fluss, der noch durch den Umstand verschärft wird, dass einem das Bein zu einer unfreiwilligen Pilates-Stellung hochgehängt wurde, und da kommt man sich nicht nur hilflos vor, sondern auch ziemlich lächerlich. Bei all dem kann man noch nicht einmal auf den einzig verlässlichen Trost des reglos Gelangweilten zählen, auf die Essenszeiten: Angesichts des Fraßes, den sie einem im Krankenhaus vorsetzen, kann begieriges Warten aufs Mittagessen nur eines heißen, nämlich dass man wirklich ein Problem hat und eine Einweisung abzuwägen wäre, wenn auch nicht unbedingt auf die Orthopädische Abteilung.

Die Woche um Mariä Himmelfahrt zwischen BarLume und Bocacito, inmitten der Ferien zwar, aber das waren die Ferien der anderen, Tage, an denen man sich auch nicht die kleinste Schließzeit erlauben kann – diese Woche wiederum dauert zehntausendundachtzig Minuten, von denen jede einzelne zählt und in denen kaum Zeit zum Atmen bleibt, geschweige denn zum Schlafen. Werden dann etliche von diesen Minuten durch die Anwesenheit Marchinos okkupiert, der sich täglich zur Aperitifstunde einfindet, als wäre er ein stinknormaler Gast, und der dann auch noch versucht, einen in ein endloses Gespräch zu verwickeln, während man hinter dem Tresen achthändig Gläser einschenkt, dann ist tatsächlich der Moment gekommen, etwas zu unternehmen.

»Hör mal, Massimo, vielleicht ist das jetzt nicht der passende Moment …«

»Nein, Marchino. Es passt jetzt wirklich nicht so richtig. Es hat auch gestern nicht so richtig gepasst.«

Und ebenso wenig vorgestern. Und, weißt du was, morgen auch nicht, wenn wir ganz ehrlich sind, dachte Massimo, ohne es auszusprechen, das übliche Hin und Her zwischen Gedanken und Worten, das sich fortsetzte, sooft er sich genötigt sah, einen richtig guten Bekannten richtig schlecht zu behandeln.

»Nein, ich meine jetzt, wo die ganzen Leute …«

»Wenn wenige da sind, ist es noch ungünstiger.«

»Aber wann sind schon mal wenige da?«, sagte Marchino mit einem breiten Lächeln. Ja, ein solches Lächeln konnte durchaus das Herz einer jungen Frau erobern. »Hier ist es doch immer voll, Menschenskinder. Das ist das beste Lokal an der Küste. Schau dich bloß um. Leute aus aller Herren Länder. Alter, wenn die nicht alle am Grinsen wären, könnte man glauben, man ist auf einer Gewerkschaftsdemo. Und wenn man dann noch …«

»Marchino, pass auf«, unterbrach ihn Massimo, entschlossen, dem Wesen, das er da vor sich hatte, jegliche Empathie zu verweigern. »Hör mir gut zu. Seit zwei Wochen kommst du ständig hier rein. Erst allein zum Abendessen, dann mit deiner Clique zum Abendessen. Und das ist ja auch okay. Dann kam der Aperitif dazu, und das ist ebenfalls in Ordnung. Ich führe hier ein öffentliches Lokal, selbst wenn ich das manchmal bedauere. Aber ich habe doch den Eindruck, dass du hier nicht nur jeden Tag aufkreuzt, weil du was essen und trinken willst.«

»Also, äh. Ja. Das heißt, dir ist auf...«

»Mir ist aufgefallen, ja. Und nicht nur mir.«

»Ja. Ja, weißt du, das ist jetzt ein bisschen heikel ...«

»Kann ich mir vorstellen.«

»Vielleicht, tja, passt es doch nicht ganz ...«

»Es passt, vertrau mir.«

»Wirklich?«

Marchino lächelte nervös.

»Okay, Massimo, versteh das jetzt bitte nicht als Angriff, ja, sondern bloß so als, äh, Feststellung.«

Das fängt ja gut an. Ein Moment des Schweigens, den Marchino irrtümlich als Ermutigung interpretiert, sodass er gleich in die Vollen geht.

»Nur zwei Cocktails zu mixen, das ist doch die reine Hirnwichserei, Mann. Für eine kleine Dorfbar war das okay. Wenn du da Margaritas in Cynar-Gläsern servierst, lachen sich natürlich alle schlapp. Wie der Typ vom Bürgerheim drüben an der Unterführung, weißt du, was ich meine? Nein? Besser so, das ist eine ziemliche Kaschemme. Aber deine Bar, die ist doch eine super Location, die Leute kommen haufenweise, und da musst du ihnen schon was anderes bieten als nur den Spritz und den Negroni sbagliato. Man will doch auch mal eine andere Farbe sehen als orange. Lange Rede kurzer Sinn, Massimo, hier gehört endlich ein richtiger Barkeeper her, so einer, der nicht nur schnell was über den Tresen schiebt.«

Während Marchino sprach, wuchs Massimos Entsetzen kontinuierlich.

Denn wenn man jemanden näher kennt, weiß man eine Menge über ihn.

Vielleicht nicht gleich alles, aber doch viel. So viel es halt braucht, um seine Absichten zu durchschauen. Und Massimo war gerade klar geworden, dass es in Marchinos Werdegang etwas gab, das er bis zu diesem Moment willentlich ignoriert hatte.

Marchino kam zwar als Arbeiter daher, aber eigentlich besaß er eine Hotelfachausbildung. Auch wenn er dafür fast doppelt so lange gebraucht hatte wie vorgesehen.

Und wenn Massimo sich nicht täuschte, dann hatte er die Schule als Barmann abgeschlossen.

»Als Barmann?«

»Ganz genau.«

Die melodiöse Atmosphäre, die im Bocacito nach Feierabend herrschte (noch immer Corelli, *Sonate für Violine und Violone oder Cembalo*, op. 5), harmonisierte die letzten Worte und begleitete sie mit einer kleinen Kadenz für Sologeige. Dann war die Aufnahme Gott sei Dank zu Ende. Und Massimo, der zwischenzeitlich aufgestanden war, um sich ein wenig die Beine zu vertreten, fuhr fort.

»Anscheinend ist er seit sechs Monaten arbeitslos und weiß nicht mehr ein noch aus. Die Fabrik, in der er tätig war, ist pleite gegangen, und wenn man sich so umschaut, ist die Lage für Unternehmen zurzeit ja generell nicht rosig.«

»Ich verstehe.« Aldo entrollte die Hemdsärmel wieder und schüttelte den Kopf. »Mensch, wie sich die Zeiten ändern. Andreotti ist kaum ein Jahr tot, und schon stimmen seine Sprüche nicht mehr. Sein ›Wer schlecht von anderen denkt, sündigt zwar, liegt aber doch häufig richtig‹, muss man jetzt korrigieren: der sündigt zwar, und hat dabei noch nicht mal recht. Also, eigentlich ist das doch keine üble Idee.«

»Was für eine Idee?«

»Die von Marchino. Du hast es gestern selbst gesagt, da gingen über hundert Aperitifs über den Tresen. Stimmt's?«

»Schon. Ich wusste bloß nicht mehr, dass die alle du getrunken hast.«

Aldo erhob sich langsam und misslaunig von seinem Stuhl.

»Jetzt hör mal zu, Massimo, der Laden läuft gut. Er läuft sehr gut.« Obwohl das Konzept dafür durchaus schlicht war, hielt Aldo es für nötig, es Massimo noch mal zu erläutern. »Diese Verbindung, die wir hergestellt haben, diese seltsame Mischform aus Aperitif, Abendessen und ruhigem Ausklang, scheint aus irgendeinem Grund, der mir ehrlich gesagt auch nicht ganz klar ist, wunderbar zu funktionieren. Dass du Hilfe brauchen wirst, ist eine Tatsache.«

»Völlig einverstanden. Und das heißt, ich brauche jemanden, der mir das Leben leichter macht. Ich sehe nicht, wie sich das zu ›Marchino‹ übersetzen lässt.«

»Du schätzt den Jungen nicht richtig ein«, entgegnete Aldo.

Das glaube ich gern. Einen Typen, der eine seltene Blume wie Tiziana heiratet und sie dann so behandelt, wie er das getan hat, wie würdest du den einschätzen? Als guten Typen?

»Na gut: Gehen wir mal seine Vorzüge und seine Fehler durch. Erst mal die Vorzüge.« Aldo hielt seinen Zeigefinger fest, der an ein Hinweisschild an einer Bergstraße erinnerte, gekrümmt von der Arthritis. »Erstens: Er kann anpacken. Du weißt es sicher noch, das hat Tiziana immer gesagt.« Als Nächstes packte Aldo den Mittelfinger mit der leicht bebenden Rechten (vor Müdigkeit, keine Sorge, Aldo ist klarer bei Verstand als ihr und ich zusammen). »Zweitens: Er kennt eine Unmenge Leute. Er war hier schon mit drei verschiedenen Gesellschaften zum Aperitif. Du wirst ja wohl zugeben, für einen, der in einer Bar arbeitet, ist das nicht gerade ein Nachteil. Drittens: Er redet die ganze Zeit. Er ist gut gelaunt, er ist aktiv, er hat immer eine Anekdote auf Lager, er hält die Leute wach. Gegenüber einem *barista*, der dich zum Teufel schickt, wenn du dich von der falschen Seite dem Tresen näherst, ist das nicht übel. So weit die Vorzüge. Wie sieht's mit Fehlern aus?«

»Einer«, antwortete Massimo lakonisch. »Er ist dumm.«

»Zugegeben, ja, er ist nicht der tiefsinnigste Denker auf dem Planeten. Aber Massimo, wir reden hier von einer Stelle als Barkeeper.«

»Einer Stelle, wenn ich dich daran erinnern darf, bei der er neben meiner Kellnerin arbeiten würde.« Massimo erhob sich nun ebenfalls. »Die mit diesem Kerl verheiratet war und ihn verlassen hat, und danach lagen zwei Zähne von ihm im Suppenteller. Ich stimme mit Nein.«

»Und ich stimme mit Ja. Da wir gleichberechtigte Partner sind, haben unsere Stimmen dasselbe Gewicht. Wir leben ja in einer Demokratie.«

»Eine saubere Scheiße. Aber egal, ich bleibe bei meinem Nein.«

»Und ich bei meinem Ja.«

»Na großartig. Dann lässt sich die Sache wohl nur auf eine Weise lösen.«

»Ich fürchte ja«, antwortete Aldo.

»Das ist also die Situation.«

Im Stehen – das war ihr lieber gewesen – hatte Tiziana Massimo zugehört, der es übernommen hatte, ihr die Frage zu übermitteln, teils weil er Tiziana besser und länger kannte, teils weil sie noch bis Viertel nach zwei Uhr morgens dasitzen würden, wenn er die Sache Aldo überließ. Als Massimo fertig gesprochen hatte, ließ Tiziana einen Seufzer ertönen, einen tiefen, befreienden Seufzer von der Art, dass einem die Spannung aus der Brust weicht und die Rippen endlich wieder den Platz finden, der ihnen seit einigen Tagen verwehrt war.

»Weißt du, Massimo, mir fällt da ein Stein vom Herzen.«

Wie bitte?

»Ich meine, nachdem die Sache so schiefgegangen ist, hat Marchino sich etwas gehen lassen. Und dann hat er ja die Stelle verloren. Und, tja, ich sage jetzt nicht, dass das meine Schuld gewesen wäre, er hatte da schon auch einen ziemlichen Anteil, und ich sage auch nicht, dass ich mich für alles verantwortlich fühle, ich kann doch nichts dafür, wenn der Immobilienmarkt stagniert und keine Häuser mehr gebaut werden, aber …«

»Aber ein bisschen schuldig fühlst du dich doch.«

»Ja«, gab Tiziana zu. »Ja, ein bisschen schuldig habe ich mich doch gefühlt.«

Habe?

»Ja. Und außerdem, weißt du, konnte ich mir Marchino wirklich nicht als Stalker vorstellen. Ich konnte mir keinen Reim darauf machen. Und jetzt ergibt es doch irgendwie Sinn.«

Aha. Erst Corelli und jetzt Vasco Rossi. Ein Abstieg auf der ganzen Linie.

»Verstehe. Eigentlich müsste ich wohl sagen, ich gebe mir Mühe, mich anzupassen. Und was heißt das dann unterm Strich?«

»Ja, Massimo, so wie die Dinge liegen, habe ich damit kein Problem.«

Du nicht. Aber ich konnte mich bisher darauf verlassen, dass die Nervensägen auf der anderen Seite des Tresens bleiben.

»Gut«, schaltete sich Aldo ein. »Also, wenn es kein Problem gibt, würde ich sagen, wir können die Sache angehen. Fangen wir mit einem Zeitvertrag an, Massimo, was meinst du?«

»Wäre nicht auch auf Tagesbasis denkbar ...«

»Pass auf, Massimo«, begann Tiziana.

Und wollte wahrscheinlich fortfahren: Du unterschätzt ihn. Sicher, auf den ersten Blick wirkt er ein bisschen komisch, aber er ist einer, der anpackt. Vielleicht nicht der Hellste, aber einer der zuverlässigsten Menschen, die man sich denken kann, und derlei mehr. Doch bevor sie den Satz beenden konnte, klingelte das Telefon.

Aldo zog die Brauen hoch, sah auf die Uhr. Zehn nach eins. Dann nahm er den Hörer ab.

»Bocacito, guten Abend.«

Kurzes Schweigen.

»Ach. Wann denn?«

Kurzes Schweigen.

»Heute Abend? Gegen zwanzig Uhr?«

Kurzes Schweigen.

»Verstehe. Ja, ist gut. Dann also bis morgen.«

Tiziana ergriff sofort die Gelegenheit, ihre Anspannung zu mildern.

»Wie viele Personen?«

»Einer. Also, es war nur einer.« Aldo atmete hörbar aus und strich sich dann die Hose glatt.

»Aldo, wie meinst du …«

»Das war keine Reservierung«, sagte Aldo, als er endlich wieder aufblickte. »Das war Pilade.«

Ein kurzes, angespanntes Schweigen folgte, wie in jedem ordentlichen Krimi, wenn man an den Wendepunkt gelangt.

»Das war Pilade, und …«

Aldo sah zu Boden, dann sah er wieder hoch.

»Anscheinend hat sich Barbadori eine Kugel in den Kopf gejagt, heute Abend um acht.«

Neun

»›Atlas der Leuchtende, ein Selbstmord mit Fragezeichen.‹« Denkpause. »›Gianfranco Benedetti zunehmend unter Druck – seine Fingerabdrücke am Tatort gefunden.‹« Pause mit kurzem Hustenanfall. »›Von unserem Korrespondenten Saverio Brunetti‹.« Aldo faltete die Zeitung ein wenig zurecht. »›Pineta‹.«

»Ja, wissen wir doch, dass wir in Pineta sind«, bemerkte Ampelio. »Wir sind hier geboren. Aber wenn du in dem Tempo weitermachst, dann geben wir hier auch noch den Löffel ab, bevor du mit dem Artikel durch bist.«

»Beim nächsten Mal sagst du Rimediotti, dass er keine Halsschmerzen kriegen soll. ›Das Rätsel um das unerklärliche Verschwinden von Vanessa Tonnarelli gewinnt durch einen zweiten Fall an Dichte und Vielschichtigkeit, während der Druck auf den Mann der Verschwundenen wächst, Gianfranco Benedetti, der für die Ermittler zunehmend als möglicher Verdächtiger in einer Kette von Ereignissen erscheint, beginnend damit, dass Vanessa Tonnarelli nicht nach Hause zurückkehrte, und gestern Abend gipfelnd in der Entdeckung des leblosen Körpers von Marcello Barbadori, besser bekannt unter dem Namen Atlas der Leuchtende, ein in der Gegend überaus beliebtes Medium, das sogar schon als Teilnehmer an einer landesweit ausgestrahlten Fernsehsendung gehandelt wurde. Doch all seine Vorhaben endeten an einem Nachmittag vor zwei Tagen, als Atlas offenbar zu dem Schluss kam, die Last der Welt nicht länger tragen zu können‹ – der schreibt vielleicht verschnörkelt, bestimmt war er auf dem altsprachlichen Gymnasium – ›und eine Waffe gegen sich selbst richtete, einen russischen Revolver der Marke Tokarev, für den er im Besitz eines gültigen Waffenscheins war.‹«

Aldo holte Luft und blätterte weiter in der Zeitung, während Pilade bemerkte:

»Also, wenn der auf dem Altsprachlichen war, haben sie ihm das Aufsatzschreiben auf der Berufsschule beigebogen. Der Satz gerade war ungefähr acht Seiten lang.«

»Tja, so ist das eben. ›Zu welcher Uhrzeit sich die Tragödie abgespielt hat, ist noch nicht restlos geklärt. Das einzig Gewisse ist die Stunde des makabren Fundes, der sich am Dienstagabend um 20 Uhr ereignete, als Barbadoris Frau bei ihrer Rückkehr von einer Vergnügungsfahrt nach Cinque Terre das Arbeitszimmer ihres Mannes betrat und ihn dort leblos vorfand. Dem Anschein nach hatte er sich erschossen. Allerdings passt hier nach Angaben der Ermittler einiges nicht zusammen. An erster Stelle fällt auf, dass am Ort des Verbrechens dreierlei Fingerabdrücke zu finden waren: Neben denen des Opfers und seiner Frau wurden auch die Spuren von Gianfranco Benedetti festgestellt, der zunächst allerdings leugnete, Atlas' Praxis jemals betreten zu haben. Mit dem Beweismaterial konfrontiert – seinen Abdrücken am Tatort –, rechtfertigte er sich mit der Behauptung, eine SMS erhalten zu haben, in der ihn der Magier bat, zu einem Gespräch unter vier Augen vorbeizukommen. Dem will Benedetti Folge geleistet haben. Nach eigener Aussage fand er die Praxis offen. Auf dem Teppichboden eines ans Vorzimmer angrenzenden Raums lag Atlas' Leiche. Doch an dieser Darstellung der Ereignisse überzeugt so manches nicht, angefangen bei der besagten SMS, die Benedetti nach Auffinden der Leiche gelöscht haben will, angeblich aus Angst, dass seine Anwesenheit am Schauplatz des Verbrechens entdeckt werden könnte. Nur dass die Kurznachricht anscheinend auch nicht von Atlas' Handy versendet wurde.‹«

»Sehr schlau.« Ampelio schüttelte den Kopf. »Glaubt der wirklich, dass sie ihm das abkaufen?«

»Na ja, was soll er denn sagen, der arme Trottel? Ich hatte das Rebmesser in der Tasche, aber dann habe ich die Pistole gefunden, das ging natürlich schneller? ›Unterdessen bleibt das Rätsel um das Verschwinden Vanessa Tonnarellis ungeklärt, von der seit über einer Woche kein Lebenszeichen vorliegt und die das ganze Städtchen als tot zu beweinen sich anschickt. Im Rampenlicht steht dabei Gianfranco Benedetti, den die *vox populi*‹ – jetzt spricht er schon Latein mit uns – ›nicht einmal allzu versteckt als den Mörder ausgemacht hat. Es häufen sich Beschuldigungen und unverblümte Vorwürfe, nicht nur auf den Online-Kommentarseiten der Tageszeitungen, die sich mit der Sache beschäftigen, sondern auch auf der Facebook-Seite seines Betriebs, des Agriturismo-Hotels La Luna nel Pozzo, sowie als Drohungen auf den Mauern des Gebäudes selbst.‹ Ach, schau, wenn man den Teufel nennt. Guten Abend, meine Damen, meine Herren.«

Massimo hob den Kopf. Mit höflicher Zurückhaltung, einer nach dem anderen, betraten zwei Paare um die vierzig die Bar. Ihr teutonisch anmutendes Äußeres wurde durch den Gegengruß eines der vier Besucher unterstrichen, der

Aldo in einer Sprache adressierte, die in erkennbarer, wenn auch vollkommen unverständlicher Weise Deutsch klang.

Allerdings gingen die vier nicht etwa zum Tresen und bestellten vier siedend heiße Cappuccini, wie es die Europäische Gemeinschaft in Artikel 2, Absatz 4 des Rundschreibens »Obligatorische Verhaltensweisen für Bürger des wiedervereinigten Deutschland im Italienurlaub« vorsah. Vielmehr steuerten sie zielsicher auf Aldo zu und nahmen neben ihm Platz. Nun begann eine Reihe von Fragen und Erwiderungen in der Sprache Goethes, jene rasche Folge aspirierter und kehliger Laute, die den Durchschnittsitaliener spontan an die Befehle eines Feldwebels denken lässt, wobei er sich wundert, dass eine derartige Halskrankheit gewissen Menschen es doch ermöglicht hat, die romantische Dichtung des 19. Jahrhunderts zu prägen. Doch das germanische Ping-Pong erwies sich als kurzlebig: Irgendwann rief Aldo etwas, das sich sowohl als »Ach so!« verstehen ließ wie auch als derb-toskanisches »azzo!«, und stand auf.

»Massimo.«

»Anwesend. Was wollen sie denn, dreihundert Liter Cappuccino zum Mitnehmen in der Betonmischmaschine?«

»Massimo, hast du's denn nicht gehört?«

»Nein. Oder besser gesagt, ich hab's gehört, aber nicht verstanden. Ich kann kein Deutsch.«

»Ach ja. Aber ich. Und wenn ich mich nicht täusche, haben mir die Herrschaften gerade etwas ausgesprochen Wichtiges mitgeteilt.«

»Polizei Pineta, guten Tag.«

»Guten Tag. Hier Massimo Viviani, ich bräuchte Dottoressa Martelli.«

»Mhm. Ja. Wie war noch mal Ihr Name?«

»Viviani. Massimo Viviani.«

»Ja. Eine Sekunde.«

Das Telefon wurde klappernd abgelegt, und unmittelbar darauf folgte die italienische Nationalhymne. Aber noch bevor der Gesang einsetzen konnte, hörte Massimo am anderen Ende der Leitung die Stimme der Kommissarin.

»Hallo, Massimo. Hast du auch telepathische Fähigkeiten?«

»Kann schon sein. Wolltest du mich etwa gerade anrufen?«

»Ja. Pass auf, du müsstest mir einen Gefallen tun. Es ist relativ dringend. Könntest du mal kurz aufs Revier kommen?«

»Ja, das ist vielleicht das Beste. Ich habe dir auch was relativ Dringendes mitzuteilen.«

»Mamma mia, wir klingen ja wie zwei Turteltäubchen.« Die Kommissarin kicherte. »Also, zuerst ich oder zuerst du?«

»Besser du.«

Ich muss nämlich erst noch die richtigen Worte finden.

»Also, es geht um ein Handy, auf dem etwas zu suchen wäre. Du schreibst doch Apps und machst alles mögliche Expertenzeug, kannst du mir da vielleicht behilflich sein?«

»Ich denke, die Polizei hat für so was Spezialisten?«

»Natürlich. Die sind auf dem neuesten Stand und haben auch ganz schön zu tun. Die Kollegen sagen, wenn ich mich ein Weilchen gedulden würde, könnten sie sich nächste Woche dransetzen. Wie sieht's aus, bekommst du das hin?«

»Vielleicht. Vielleicht brauche ich auch Hilfe. Ich kann's probieren.«

»Super. Kommst du also gleich aufs Revier? Weißt du, bei einer Verschwundenen und einem angeblichen Mord kann ich mir eines auf keinen Fall leisten, und das ist, Zeit zu verlieren.«

»Also, was die Verschwundene betrifft …«

»Doch, doch. Offiziell müssen wir von einer Verschwundenen sprechen.«

»Nein, damit können wir jetzt aufhören.«

Massimo bemerkte, wie am anderen Ende der Leitung das Atmen eingestellt wurde.

»Hat man die Leiche gefunden?«

»Ach was.« Massimo atmete für beide zusammen. »Vanessa Benedetti ist heute früh um acht nach Hause gekommen.«

»Tja. Ich würde lügen, wenn ich sage, dass ich auch nur ein Wort verstanden habe.«

Die Augen halb geschlossen und zügig einen Fuß vor den anderen setzend, eilte Massimo im Schatten der Kiefern zum Polizeirevier. Vor zwei Jahren hatte er sich geschworen, das Wäldchen nicht mehr zu betreten. Damals hatte eine Unebenheit im Gelände sich darauf versteift, ein Loch zu sein und sich auch als solches verhalten, und das hatte Massimo das vordere Kreuzband im rechten Knie gekostet. Doch zum Polizeirevier führten nur zwei Wege – entweder dreihundert Meter zu Fuß, allerdings in der brütenden Hitze, oder ein Kilometer an der frischen Luft im Schutz der Baumkronen. Ohne zu überlegen, hatte Massimo den letzteren Weg eingeschlagen. Teils um nicht den äquatorialen Temperaturen zum Opfer zu fallen, teils weil er das Bedürfnis verspürte, einen Moment lang für sich zu sein und nachzudenken, bevor er ins Revier kam. Und dafür wäre der Weg unter der Sonne zu kurz gewesen. Wie immer, wenn es darum ging, seinen Gedanken ein bestimmtes Tempo vorzugeben, redete Massimo mit sich selbst.

Massimo redete ganz gerne mit sich selbst. Dadurch brachte er seine Gedanken sprachlich auf Kurs und zwang sie, sich entlang einer Linie zu entwickeln, anstatt auf eigene Faust verschiedene Richtungen einzuschlagen und ein Geflecht aus unregelmäßigen Maschen zu bilden, die sich nicht vorhersehen ließen. Natürlich war manchmal die Intuition gefragt. Aber die zeigte einem allenfalls, worauf es hinauslief, nicht jedoch den Pfad, dem man bis ans Ziel zu folgen hatte. Ein wenig wie bei diesem Spiel, bei dem man mit einem Stift den Ausgang aus einem Labyrinth zeichnen musste. Als Kind hatte Massimo solche Rätsel im Handumdrehen gelöst: Seine Mutter hatte ihm beigebracht, dass es viel schneller ging, wenn man vom Ziel aus rückwärts ging, statt am Ausgangspunkt zu beginnen. Und diese Methode hatte Massimo sich zu eigen gemacht. Ob er den Weg aus einem Labyrinth suchte oder die Antwort auf irgendeine andere Frage, Massimo überlegte rückwärts.

»Also, schauen wir mal. Wenn Vanessa Benedetti am Leben ist, dann ist sie nicht tot … Wenn sie nicht tot ist, hat keiner sie umgebracht … Also auch nicht Benedetti … Aber warum sollte Benedetti dann Atlas dem Leuchtenden das Licht ausblasen? Allerdings ist es eine Tatsache, dass Benedetti Atlas den Leuchtenden bedroht hat … Und zwar nach der Sendung … Irgendetwas an Atlas' Ausführungen muss Benedetti gegen den Strich gegangen sein, und zwar gewaltig … Jedenfalls genug, um ihn zu bedrohen und ihn in seiner Praxis aufzusuchen … Moment, wir wissen nicht, warum er ihn dort aufgesucht hat … Halten wir uns an das, was wir wissen … Warum spreche ich eigentlich in der Mehrzahl? Sicher nicht wegen den Alten … Komm schon, Massimo, du weißt genau, wen du im Sinn hast … Verarsch dich doch nicht selbst … Schön weiter überlegen: Was hat der Typ noch mal gesagt, dieser Atlas der Schimmernde, wie ihn Pilade nennt? Er hat durchblicken lassen, dass sie seine Klientin war. Das ist nun wirklich sicher … Dann hat er noch wirres Zeug geredet, wie aus *Der Herr der Ringe*, das mit dem Schloss an einem See nahe der Mitte der Welt … Aber was soll daran bedrohlich sein? Angenommen, Atlas wusste, dass der Mann sie umbringen wollte, das würde Sinn ergeben … Als Druckmittel für eine Erpressung ist das fantastisch … Ich weiß, dass du sie umgebracht hast, du mieses Schwein, entweder zahlst du oder ich packe aus … Aber wenn die Tante lebendig und wohlauf ist, wovor hatte Benedetti dann Angst? Moment: Wusste Benedetti, dass seine Frau noch lebt? … Vielleicht nicht … Vielleicht hatte er Angst, dass sich die Frau nach dem x-ten Ehestreit in den Bewässerungsgraben gestürzt hat, und er hat sie gesucht … Und jetzt fürchtet er, dass Atlas sagt, die Dame sei seine Klientin gewesen, und dann könnte er einer Tat angeklagt werden, die er nicht begangen hat … Mann, mir brummt der Schädel. So, da wären wir. Na, zum Glück.«

»Herein.«

Massimo, der gerade angeklopft hatte, öffnete die Tür. Hinter dem Schreibtisch saß die Kommissarin, scheinbar jeglicher Ähnlichkeit mit Alice Martelli beraubt. Auf einem Stuhl vor ihr saß oder besser gesagt lümmelte eine Frau von vulgärem Äußeren.

Lange Fingernägel, in deren Pflege anscheinend erheblicher Aufwand floss, lackiert in einem Blümchenmuster, einige auch noch mit einem kleinen Ring geschmückt, der von einem winzigen Loch nahe der Spitze hing; hinter dem Ohr eine Tribal-Tätowierung, in der sich unklare Formen mischten; die Haare wiederum mussten erst jüngst durch die Hände eines Provinzfriseurs gegangen sein – asymmetrischer Schnitt und ein wasserstoffblonder Schopf, der sich von einer schwarzen, auf der linken Seite fast auf Null rasierten Mähne abhob. All diese modischen Details waren einer Art Boje aufgepfropft: einer rundlichen, ordinären Gestalt, deren Bauch unter einem eng anliegenden T-Shirt im Leopardenmuster hervorquoll.

Solche Dinge konnte Massimo nur mit Mühe verstehen. Natürlich darf jeder mit der Frisur herumlaufen, wie es ihm beliebt. Aber warum takelt sich jemand so auf, der über einen derartigen Unterbau verfügt? Offensichtlich wäre dir ja sehr daran gelegen, attraktiv zu wirken, aber anstatt zum Friseur zu laufen, ins Tattoostudio und zum Onycholongisten oder wie auch immer einer heißen mag, der Fingernägel auf diese Weise stylt, wäre es da nicht eher mal angesagt, den Kühlschrank mit einem Vorhängeschloss zu sichern?

»Guten Tag, Signor Viviani. Ich bin gerade beschäftigt. Könnten Sie bitte einen Moment lang draußen warten? Sobald ich mit Signora Tonnarelli fertig bin, rufe ich Sie herein, ja?«

Da stimmt was nicht. Die Augen waren schon die der Kommissarin: zwei Schlitze, gerade mal weit genug geöffnet, um eine ausreichende Anzahl Photonen durchzulassen. Aber die Stimme hatte etwas sanft Flötendes, fast schon

Verständnisvolles. Das war weder die Stimme der Kommissarin, noch die von Alice.

»Ja, selbstverständlich, kein Problem.«

»Von mir aus kann er ruhig drinbleiben«, sagte Vanessa Tonnarelli und schaffte es dabei, noch prolliger zu klingen, als sie aussah. Ausgeprägter umbrischer Akzent, mit wechselnder Tonhöhe, aber frei von jenem natürlichen Crescendo, das den Dialekt jener Region zumeist sympathisch wirken lässt. Bei der Frau schien es sich um den Menschentypus zu handeln, der unfähig ist, in einer normalen Lautstärke zu sprechen und stattdessen aus vollem Hals brüllt, was immer er gerade zu sagen hat. Selbst eine Bemerkung über das Wetter klingt dann, als riefe man nach einem Taxi. »Ich hab nix zu verbergen, was glauben denn Sie?«

»Wie Sie wünschen. Gut, Viviani, wenn Ihnen das lieber ist, können Sie hier warten. Aber nehmen Sie doch Platz, Sie brauchen nicht dazustehen wie angewurzelt.«

Bei diesen Worten der Kommissarin fiel Massimo auf, dass er tatsächlich reglos dastand, mit halb offenem Mund und festgewachsen wie ein Panettone aus Zement.

Allerdings lag das nicht etwa an seiner schüchternen Zurückhaltung.

Ihm war lediglich klar geworden, was Atlas der Leuchtende so Erschütterndes zu Benedetti gesagt hatte.

»Ich frage mich ja schon, wie so was passieren kann«, fuhr Vanessa Tonnarelli fort, während die Kommissarin sie nicht aus den Augen ließ. »Ich und mein Mann, wir haben natürlich auch mal Streit, wie das bei Ehepaaren so ist. Und manchmal reißt einem halt der Geduldsfaden, weil was er da neulich abgeliefert hat, das war ja wirklich das Letzte. Da hat doch das ganze Städtchen hinter unserem Rücken gelacht. Und deshalb bin ich erst mal weggefahren, ohne ihn.«

»Sie waren verärgert, das kann ich mir vorstellen.«

»Verärgert? Reden wir besser über was anderes, ich war so was von sauer.« Wie du hier herumplärrst, kann ich mir das schon denken. Das hört man ja bis nach Nepal. »Und als ich wiederkomme, was sehe ich da? Mein Mann steht unter Mordverdacht. Mord. Stellen Sie sich das mal vor, Signora. Mord!«

»Ich verstehe.« Die Stimme der Kommissarin war sanft und verständnisvoll wie die einer Rehmama, die in einem Disney-Cartoon ihr Kitz beruhigt. »Aber Sie sollten wissen, Ihr Mann wird derzeit nicht des Mordes verdächtigt, sondern nur der erschwerten Bedrohung.« Die Kommissarin verschwieg geflissentlich, dass der Bedrohte kurze Zeit später verstorben war, unter ungeklärten Umständen, wenn man von der Anwesenheit ihres Mannes am Tatort absah. »Und Sie sind also alleine verreist, um ein wenig zur Ruhe zu kommen. Dürfte ich Sie fragen, wohin?«

»Dürfen Sie nicht«, erwiderte die Signora. (Heutzutage muss sich niemand durch damenhaftes Verhalten für diese Anrede qualifizieren.) »Man hat doch auch ein Recht auf ein bisschen Privatsphäre. Da wär's schnell vorbei mit der Ruhe, wenn jeder Bescheid weiß, wo ich hinfahre, um meine Ruhe zu haben. Und außerdem habe ja wohl nicht ich hier was verbrochen. Mein Mann muss sich überall als Mörder beschimpfen lassen. In den Zeitungen, im Internet. Wir werden nach Strich und Faden verleumdet. Das ist doch Verleumdung, oder sehe ich das falsch? Können Sie sich vorstellen, was das heißt, können Sie sich das vorstellen?

Würden Sie vielleicht Ihre Ferien in einem Agriturismo-Hotel verbringen, dessen Besitzer die Frau umgebracht hat?«

»Ich dachte, Sie hätten nichts zu verbergen«, gab die Kommissarin gelassen zurück. »Aber machen Sie sich keine Sorgen. Ich habe da so eine Idee, wo Sie gewesen sein könnten, und bin natürlich gehalten, Ihre Privatsphäre zu respektieren. Also werde ich niemandem davon erzählen, selbstverständlich nicht. Im Unterschied zu Marcello Barbadori alias Atlas dem Leuchtenden. Der wusste, wo Sie sich aufhielten, und wenn Sie mich fragen, hatte er auch vor, es herumzuerzählen.«

Abgesehen von ihrem schauderhaften Geschmack war Vanessa Tonnarelli auch eine hundsmiserable Schauspielerin. Denn während die Kommissarin sprach, sah Massimo deutlich, wie die Überheblichkeit der Frau verschwand, als hätte jemand die Fäden hinter ihrem Kopf durchtrennt, die ihren Gesichtsausdruck steuerten. Dennoch schien sie nicht zu bemerken, dass ihre Miene Bände sprach, und spielte die Empörte.

»Was reden Sie da für dummes Zeug?«

»Erstens haben Sie hier eine Staatsbeamtin vor sich. Ich rate Ihnen also dringend, meine Worte vor Zeugen nicht als ›dummes Zeug‹ zu qualifizieren, sonst könnte die Sache für Sie ein Nachspiel haben. Zweitens müssen Sie wissen, dass ich zwar auf Elba geboren bin, meine Großeltern jedoch aus Umbrien stammen. Genau genommen aus Foligno.«

Warum genügte die bloße Erwähnung einer scheinbar harmlosen Stadt wie Foligno, um das Blut, wie Massimo nun erleben durfte, aus dem Gesicht Vanessa Tonnarellis abfließen zu lassen und es anderen Zielorten zuzuweisen, mutmaßlich der Unterleibsgegend?

Wahrscheinlich weil diese nur zu gut wusste, was auch Massimo erfahren hatte und die Kommissarin offenbar ebenfalls.

In alter Zeit galt Foligno als geografischer Mittelpunkt Italiens und damit des Mittelmeerraums. Das wiederum bedeutete nach den Maßstäben der antiken Geografie, dass sich Foligno im Zentrum der Welt befand. In modernen Zeiten wurde diese Tradition auf halb ernste Weise aufrechterhalten und man verortete *»lu centru de lu munnu«* – den Mittelpunkt der Welt – an der Stelle, wo auf dem Billardtisch des Café Sassovivo, eines historischen Lokals auf dem Corso, der mittlere Kegel platziert war.

Massimo wusste das, weil es ihm die Alten beim Billardspielen erklärt hatten.

Wenn auch Alice es wusste, dann wahrscheinlich, weil sie früher den Großvater zum Billard begleitet hatte. So wie es seit Jahrzehnten in jedem Winkel Italiens alle Enkel tun, wenn sie es schaffen, brav in einer Ecke zu sitzen und ihren Wortschatz mit den Invektiven, den Kraftausdrücken und Flüchen des Opas und seiner Freunde zu bereichern. Vor den Freunden im Kindergarten lässt sich damit prächtig auftrumpfen.

»Und wenn ich meine Großeltern in Foligno besuchte, brachte mein Großvater mich zum Fischessen an den Trasimener See. Manchmal fuhren wir nach Città della Pieve, manchmal nach Magione«, die Kommissarin legte eine Kunstpause ein, »aber meistens fuhr mein Großvater mit mir nach Castiglion del Lago. Castiglion del Lago bei Foligno. Und wissen Sie, wie die Folignaner ihre Stadt nennen?«

Signora Benedetti nickte bloß. Was nicht überraschte: Um Laute von sich zu geben, bedarf es einer gewissen Menge Luft im Körper, und Vanessa Tonnarelli (vormals Benedetti) schien vor einigen Minuten das Atmen eingestellt zu haben.

»Hätte mich auch gewundert, wenn Sie das nicht gewusst hätten. Sie stammen ja auch aus der Gegend, nicht wahr? Soweit ich weiß, sind Sie in Perugia geboren, aber mir ist, als hätte ich bei der Durchsicht der Akte gesehen, dass Sie ein Haus in Castiglion del Lago besitzen. Ein Schloss am Ufer eines Sees, nicht weit vom Mittelpunkt der Welt. Kurios, oder? Klingt fast wie die Worte von Atlas dem Leuchtenden. Mehr noch, es sind die Worte von Atlas dem Leuchtenden. Ein wörtliches Zitat.«

Eben.

Genau das war Massimo in den Sinn gekommen, als die Signora den Mund aufgemacht hatte. Eine, die aus Umbrien stammte. Aber nicht aus Perugia, sie sprach nämlich kein weiches »d«. Aus welcher Stadt mochte sie sein? Aus Gubbio, wo sie mit Holzfiguren durch die Gegend rennen, aus Assisi, der Stadt des heiligen Franziskus, oder aus Foligno, dem Mittelpunkt … Oh oh.

»Jetzt haben wir von dem geredet, was wir beide wissen«, fuhr die Kommissarin fort. »Vielleicht ist die Zeit dafür reif, Sie über etwas in Kenntnis zu setzen, von dem ich annehme, dass Sie es nicht wissen.«

»Tja, Sie wissen offensichtlich so viel mehr als ich …«, gab Vanessa Tonnarelli zurück, aber es klang nicht besonders überzeugend.

Die Kommissarin griff zu einer Mappe und entnahm ihr ein Dokument, drei oder vier zusammengeheftete Seiten.

»Da haben wir's ja. Das ist eine Anzeige seitens einer gewissen Terje Luts, der Ehefrau von Marcello Barbadori alias bla bla bla.«

»Wen hat sie denn angezeigt? Mich?«

»Warum sollte sie? Sie haben doch nichts getan, oder?« Das war jetzt aber gemein. »Nein, die Dame hat ihren Mann angezeigt, wegen unbefugter Berufsausübung und widerrechtlichen Abhörens.« Die Kommissarin ließ das Dokument durch die Luft segeln, und es landete mit weichem Schwung auf dem Schreibtisch. »Anscheinend erklärt sich die Unfehlbarkeit der Vorhersagen ihres Mannes und seine so überaus profunde Kenntnis der Probleme, unter denen seine Klienten litten, aus der Tatsache, dass er Abhörsoftware auf den Handys der Betreffenden installiert hatte. Das heißt, das Telefon eines Klienten wurde ohne dessen Wissen zu einer Art mit Mikrofon ausgestatteter Mailbox, die derjenige, der die Software steuerte, nach Gutdünken zum Einsatz bringen konnte.«

Mhm. Sofern der fragliche Klient über ein Smartphone verfügte, also über ein ausreichend ausgestattetes Telefon, um derartige Softwareprogramme ausführen zu können. Verfügte jemand dagegen über ein Uralt-Handy, etwa den präkolumbianischen Ziegelstein, den Massimo gelegentlich bei Tavolone gesehen hatte, so wies Atlas ihn ab, mit der Ausrede, er könne für ihn nichts tun. Just so war es Tavolone ergangen.

»Anscheinend installierte er seine Apps in den zehn Minuten, in denen ihm die Klienten ihre persönlichen Gegenstände überlassen mussten, damit er, wie er sagte, deren Fluidum erfassen konnte.« Die Kommissarin wandte sich dem Computer zu und klickte mit der Maustaste. »War

Ihnen bekannt, dass Atlas' Klienten sich dieser Prozedur unterzogen?«

»Nein, natürlich nicht. Woher hätte ich das wissen sollen?«

»Vielleicht waren ja auch Sie Atlas' Klientin«, antwortete Alice seelenruhig, aber mit einem Blick, von dem einem japanischen Soldaten bange geworden wäre. »Signora Luts hat Sie auf meine Frage hin als eine Person identifiziert, die vor zehn Tagen bei Atlas aufgetaucht ist, angeblich aus Angst, dass ihr Mann sie umbringen könnte.«

Die Kommissarin konzentrierte sich abermals auf den Computerbildschirm, als sähe sie Dokumente durch, die für ihre Ausführungen wesentlich waren. Massimo beobachtete sie einen Moment lang und sah dann wieder hinüber zu Vanessa Tonnarelli.

Wenn die erste Information sie erschüttert hatte, dann war sie nach der zweiten am Boden zerstört.

»Signora Luts schien der ehrlichen Überzeugung zu sein, dass ihr Mann über gewaltige paranormale Kräfte verfüge und sein Wissen tatsächlich aus einer Zwiesprache mit den Toten stamme.« Ein letzter Mausklick, und die Kommissarin wandte sich erneut der ehemaligen Signora Benedetti zu. »Doch vor einiger Zeit wurde ihr durch einen banalen Vorfall klar, wie der Mann in Wirklichkeit zu seinen Informationen kam. Unser lieber Atlas der Leuchtende war also in der Lage, Gespräche mitzuhören, und konnte die betreffenden Personen auch orten. Und wissen Sie, was ich denke? Ich denke, er könnte beim Mithören von Gesprächen erfahren haben, dass jemand im Begriff war, eine Straftat zu begehen, und dann hätte er ihn damit auch erpressen können, nicht wahr?«

Die Kommissarin ließ ihren Blick über Vanessa Tonnarelli gleiten, die ihren Stuhl ausfüllte, als hätte man sie darauf ausgeschüttet. Dann drehte sie sich zu Massimo um.

»Sagen Sie, Viviani ...«

»Soll ich im Vorzimmer warten?«

»Ja, bitte. Und wenn Sie schon dabei sind, rufen Sie mir doch kurz *agente* Tonfoni.«

»Ich wusste gar nicht, dass du aus Umbrien stammst«, sagte Massimo, und wäre es auch nur, um das Schweigen zu brechen. Ein Schweigen, das inzwischen schon minutenlang anhielt.

Als er wieder eingetreten war, kurz nachdem Vanessa Tonnarelli, vielleicht auch Signora Benedetti, das Feld geräumt hatte, da war es gewesen, als ob der Raum selbst eine Atempause bräuchte. Es hatte die Wände doch ziemlich angestrengt, den Vorstadtsopran der Dame durch eigenes Schwingen und Widerhallen zu beantworten. Die Kommissarin hatte ihnen diese Atempause ermöglicht, indem sie weiter auf dem Computer herumklickte und Dokumente las, unter passiver Mitwirkung Massimos, der begriff, dass seine Stimme momentan nicht gefragt war.

»Ich komme nicht aus Umbrien.« Die Kommissarin setzte einen letzten entschlossenen Mausklick und nahm dann die Hände vom Schreibtisch. Die Rädchen ihres Schreibtischstuhls quietschten vernehmlich. »Aber ich musste diese Boje doch irgendwie unter Druck setzen. Und bei solchen Leuten genießt nichts so großen Respekt wie die Familie, die ist unantastbar. Hätte ich gesagt, ich habe ›Mittelpunkt der Welt Italien‹ gegoogelt, wäre die Reaktion nicht so kathartisch ausgefallen.«

»Verstehe. Oder halt, vielleicht verstehe ich doch nicht ganz. Ich glaube, ich brauche noch eine Erklärung.« Aus einem plötzlichen Bedürfnis heraus stand Massimo auf. »Verstanden habe ich bisher nur, dass diese zwei Genies das Verschwinden inszeniert haben. Nicht ohne vorab dafür zu sorgen, dass ganz Pineta wusste: Signora Tonnarelli hat das Städtchen verlassen. Deshalb haben sie einen Haufen Fleisch eingekauft und das Abendessen dann abgeblasen. Die werten Gäste wurden vorsorglich informiert, dass Aldos Restaurant das beste an der ganzen Küste sei. Darüber hinaus ist es das einzige, das über eine bewegliche Stereoanlage verfügt mit vier Röhrenverstärkern zum Verbreiten fremder Angelegenheiten.«

»Die Alten haben Röhren?«

»Na ja, Rimediotti hat einen Stent.« Massimo breitete die Arme aus. »Nichts Funktionsstörendes, ja? Im Gegenteil. Wahre Kenner wissen, dass analoge Geräte im HiFi-Bereich unübertroffen sind. Jedenfalls erschließt sich mir nicht, wozu die beiden das gemacht haben könnten. Also bis auf eine vage Vermutung.«

»Und zwar?«

»Ich könnte mir denken, dass sie sich für den Schaden rächen wollten, der ihnen hier zugefügt wurde. Die Leute haben sich ja den Mund fusselig geredet, und dabei kam dann auch ans Licht, dass sie geschieden waren, obwohl sie weiter zusammenlebten.« Massimo hatte seine Büro-Umsegelung beendet und setzte sich wieder hin. »Punkt eins: Sie wussten definitiv, dass in dieser Gegend keiner in der Lage ist, sich um seinen eigenen Dreck zu kümmern. Punkt zwei: Wir sind inzwischen als der Küstenstrich bekannt, an dem sich ein Verbrechen ans andere reiht. Im vergangenen

September war sogar eine Fernsehcrew da. Die wollten wissen, wie es sein kann, dass am Ende der Hochsaison noch immer keiner umgebracht worden ist. Blieb uns nur, ihnen klarzumachen, dass sie besser abziehen sollten, sonst schaffen wir's noch vor dem Herbst. Damit war der Umstand allerdings nicht ausgeräumt, dass man hier an Gewaltverbrechen gewöhnt ist. Heute glauben die Leute schon an Mord, wenn ein Achtundneunzigjähriger an einem Infarkt stirbt.«

»Ja, das kann man fast so sagen. Dann würdest du das Ganze für einen Scherz halten?«

»Ja, würde ich meinen. Zwar mit einem schlechten Beigeschmack, aber letztlich nicht völlig aus der Luft gegriffen.«

Der zierliche Finger der Kommissarin bewegte sich ein paar Mal von rechts nach links, während auf ihrem Gesicht wieder das hintergründige Lächeln erschien.

»Dir fehlt es ein wenig an Bosheit, mein Guter.« Diesmal war es an der Kommissarin, aufzustehen. »Das ist das Problem mit euch Männern, so reizend ihr seid, ihr seid auch ein bisschen unbedarft. Versteh mich nicht falsch, das ist natürlich völlig in Ordnung. Wir finden euch richtig süß so. Nein, wenn die Sache ein Scherz gewesen wäre, dann hätte man die Geschmacklosigkeit bedauern können, und damit basta. Aber du musst bedenken, wir haben es hier mit Leuten zu tun, die in erster Linie Betrüger sind. Einem Betrügerpärchen, dessen Geschäfte den Staat schädigen. Die Erfahrung lehrt, dass dieser Menschenschlag zur Wiederholung neigt.«

»Verstehe. Was ergibt sich daraus?«

»Du bist vielleicht schwer von Begriff. Dabei hat dir das

Luftschiff im Leopardenmuster doch schon das Stichwort geliefert.«

Die Kommissarin nahm ein Taschenbüchlein vom Schreibtisch, das Massimo zwar bemerkt, dem er aber keine Bedeutung beigemessen hatte. Er konnte eben noch den Titel lesen, bevor die Kommissarin das Bändchen aufschlug.

Der Tatbestand der Verleumdung. Juristische Praxis und neue Problematiken.

Ach, du meine Fresse.

»Ich zitiere aus einem Urteil des zuständigen erstinstanzlichen Gerichts in Rom«, sagte die Kommissarin. »›Wenn infolge der Verleumdung‹ … und so weiter und so fort, ach ja, hier: ›der verzerrt dargestellte Sachverhalt in direkter und eindeutig zurechenbarer Konsequenz einen Vermögensschaden verursacht, bedingt durch eine Minderung der Einkünfte aus der Geschäftstätigkeit des Geschädigten, und wenn der Ausfall an Einkünften aufseiten des Opfers entsprechend belegt wird, ist der Vermögensschaden als die Summe der Kosten zu beziffern, die dem Kläger entstehen, um den Schaden aus der Falschdarstellung seiner Person auszugleichen.‹«

Nun fühlte sich Massimo zwar ganz in seinem Element, wenn mit Zahlen umzugehen war, mit Integralen, Summenzeichen und anderen kabbalistischen Symbolen, doch sobald er sich den rokokohaften Verschraubtheiten des juristischen und bürokratischen Fachjargons gegenübersah, war er völlig wehrlos. Denn das Italienische ist bekanntlich eine Sprache mit einer ausgeprägten Doppelnatur. Einerseits ist da die gesprochene Sprache des Alltags; andererseits jene komplizierte Übung in verbaler Algebra, die nicht nur dazu dient, Papier zu verbrauchen, sondern auch den

Zweck erfüllt, unmittelbare, geradlinige Sachverhalte in abstruse Knobelaufgaben für fortgeschrittene Rätselfans zu übersetzen.

Massimo war erstmals im Treibsand des Bürokratischen versunken, als er aus Gewissensgründen den Wehrdienst verweigerte und in diesem Zusammenhang auf die Vergütungsordnung stieß, wo unter Ziffer 7 etwas stand, das eigentlich nur Etruskisch sein konnte: »Aufwendungsersatz für Reinigung der *effetti letterecci*«. Den Ausdruck hatte Massimo noch nie gesehen. Erst als er ein Wörterbuch aus dem Jahre 1921 konsultierte, stellte sich heraus, dass einfach nur das Bettzeug gemeint war.

Seither ertappte Massimo sich häufig bei dem Gedanken, dass das Gesetz keineswegs für alle gleich sei; denn wäre das tatsächlich der Fall, so müsste jeder, der seiner Schulpflicht nachgekommen ist, in der Lage sein, vielleicht nicht gleich die beste juristische Verteidigungsstrategie zu finden, aber doch wenigstens zu kapieren, was zum Teufel überhaupt da steht.

»Äh, Augenblick. Du meinst, die beiden Vögel haben dieses ganze Durcheinander absichtlich herbeigeführt, um sich verleumden zu lassen?«

»Genau.«

»Und was hätten sie davon gehabt?«

»Na, den Ersatz des nachgewiesenen Vermögensschadens. Diese beiden Stoffel haben einen Agriturismo. Willst du mal hören, was man auf ihrer Facebook-Seite findet? Oder was die Leute in einschlägigen Blogs dazu schreiben? Hier zum Beispiel: ›Hübscher kleiner Hof, schlicht aber gemütlich. Man sollte allerdings tunlichst vermeiden, zum Abendessen Frikassee zu bestellen. Wenn man Pech hat, beißt man sich sonst die Zähne an einem Ehering aus.‹ Das postet ein gewisser Francesco83, ist gerade mal vier Tage her. Oder schau, was auf den Seiten des *Tirreno* steht oder auch im *Corriere*. Hier ein User namens DeepRoller: ›Dieses alberne Getue von wegen Unschuldsvermutung, WAS SOLL DAS? Ist doch sonnenklar, dass der Typ seine Frau abgemurkst hat. An den Pranger mit ihm, und dann treiben wir ihn durch die Stadt und auf jeder Piazza, auf der wir haltmachen, verkaufen wir faule Tomaten, das Stück für fünf Euro. Früher oder später wird er schon ein Geständnis ablegen. Und in der Zwischenzeit tun wir was für den Staatshaushalt.‹ Alles anonyme Postings, aber sie stammen von registrierten Nutzern. Die man also auch ausfindig machen kann. So schwierig ist es nicht, Äußerungen dieser Art mit einem etwaigen Einbruch der Reservierungen in Zusammenhang zu bringen. Der Tatbestand der Verleumdung ist erfüllt, und wenn es zu einer Verurteilung kommt, dann legt der Richter den Schadenersatz in neunzig Prozent der Fälle nach statistischen Vorgaben fest. Wir sprechen hier schnell mal von einer sechsstelligen Summe.«

Massimo reckte einen Finger in die Höhe.

»Entschuldige, aber das sehe ich anders. Wir sind hier doch im Land von Emilio Fede und der plastischen Chirurgie. Manche Leute lieben solches Zeug. Ich kenne da vier, die sind Stammkunden in der Bar und haben's nicht so mit Agriturismus, aber sicher laufen auch Leute herum, die total darauf abfahren.«

»Stimmt schon.« Die Kommissarin lächelte. »Das ist auch eine Möglichkeit. Und da wir nun mal ein Volk von Volltrotteln sind, könnte es auch sein, dass jemand jetzt erst recht zu diesem Agriturismo fährt, wo sich das Verbrechen ereignet hat. Dann wäre das Ganze Publicity für die beiden. In jedem Fall kommen sie gut weg. Eigentlich doppelt gut. Und darüber haben sie sich unterhalten, auch per Telefon. Signora Tonnarelli hat es vorher zugegeben. Sagen wir's gleich so, sie hat die Straftat gestanden. Und da kann man sich unschwer denken, was Atlas getan hat, oder?

Dieses eine Mal erfährt er nicht von einer Affäre, sondern hört live von einem wunderbaren kleinen Betrug. Und durch das GPS des Handys weiß er auch, wo sich das mutmaßliche Opfer aufhält, das von ganz Pineta gesucht wird. Das ist der Zeitpunkt, an dem er im Lokalfernsehen auf denkbar sibyllinische Weise durchblicken lässt, er wisse, wo Signora Tonnarelli sich befindet. Angesichts der Genauigkeit, mit der er den Ort beschreibt, bekommt Benedetti das Gefühl, dass ihm da jemand zu sehr auf die Pelle rückt. Und da fasst er den Entschluss, den Störenfried zu beseitigen.«

Massimo erhob sich von seinem Stuhl.

»Verstehe. Pass auf, ich muss allmählich zurück in die Bar. Dürfte ich erfahren …«

»Negativ, Gefreiter Viviani. Ich brauche Sie hier.«

»Na, meine ich doch. Wenn du mich schon herbestellt hast, wäre ich neugierig zu erfahren, warum.«

»Erstens weil du inzwischen zu viel weißt. Wenn du mir jetzt in die Bar zurückgehst, braucht die Viererbande eine glatte Nanosekunde, um dich zum Reden zu bringen. Aber eigentlich brauche ich dich für das hier.«

Damit öffnete die Kommissarin eine Schublade und zog ein Smartphone mit einer Hülle im Leopardenmuster hervor.

»Ach wie hübsch. Ist das von Signora Tonnarelli?«

»Nein, von ihrem Mann. Die Hülle muss ein Geschenk gewesen sein. Kannst du mit dem Ding umgehen?«

»Kommt darauf an, was ich damit machen soll. Wenn meine Aufgabe darin besteht, es mit einem stumpfen Gegenstand zu zertrümmern, dann kann ich das gleich hier tun. Wenn es darum geht, Daten aus dem Speicher auszulesen, hätte ich daheim vielleicht geeignetere Instrumente.«

»Hm, das hätte ich mir denken können.« Die Kommissarin machte ein abschätziges Geräusch. »Und ich lasse dich ein Beweisstück mitnehmen, das bei einem Tatverdächtigen beschlagnahmt wurde, unter vollem Einsatz von Dienststempeln, Quittungen und Protokollen. Und wenn's dir jemand klaut? Wenn dich ein Lkw überfährt?«

»Wenn ein Lkw einen Viviani überfahren muss, wüsste ich dafür einen anderen Kandidaten.«

»Jetzt red nicht so einen Quatsch, du hast ihn doch wahnsinnig gern. Ich hab's dir schon einmal gesagt, zwing mich nicht, es zu wiederholen. Oder weißt du was, ich will überhaupt nichts wiederholen, mach dich einfach an die Arbeit, ja?«

Aha. Typisch Frau. Felsenfest überzeugt, dass ich genau weiß, was ihr durch den Kopf geht, bevor sie auch nur ein Wort sagt.

»Wenn du mir vielleicht noch mitteilst, wonach ich suchen soll …«

»Ach ja, stimmt. Es geht um Folgendes: Benedetti behauptet, am Tag von Atlas' Tod eine SMS bekommen zu haben.«

»Richtig. Das stand auch in der Zeitung.«

»Was nicht unbedingt heißt, dass es wahr ist. Vielleicht ist es dir ja aufgefallen, in der Zeitung steht auch, dass sich auf Atlas' Handy keine Spur von der Kurznachricht findet. Wenn ich es recht überlege, findet sich von dem Handy selbst keine Spur«, erklärte die Kommissarin. »Aber früher oder später erwische ich den Schreiberling, der dieses Zeug verbreitet. Wobei ich geneigt bin, ihn zu entschuldigen, wenn ich daran denke, wie Journalisten bezahlt werden. Auf Benedettis Handy ist die SMS jedenfalls nicht. Angeblich hat er sie gelöscht. Und Atlas' Handy ist nicht auffindbar.«

»Das kann doch auch er weggeworfen haben.«

»Na klar.« Die Kommissarin nickte mit Nachdruck. »Benedetti, von Atlas in seine Praxis zitiert, geht hin und nietet den Kartenleger um. Dann schnappt er sich Atlas' Telefon, weil er darauf die einzige Spur vermutet, die ihn mit dem Opfer in Verbindung bringt, und lässt es verschwinden. Leider übersieht er dabei, dass er seine Fingerabdrücke am Tatort hinterlassen hat. Genauer gesagt verwischt er sie zwar, aber auf denkbar stümperhafte Weise. So, und jetzt möchte ich doch mal sehen, ob sich diese SMS nicht aus dem Speicher des Telefons auslesen lässt. Soweit ich weiß, bleiben gelöschte Nachrichten oft auf dem Mobiltelefon gespeichert. Könntest du das herausfinden?«

»Ich glaube schon.« Massimo wiegte leicht den Kopf. »Ich glaube schon. Ich hoffe es. Aber wäre es nicht geschickter, beim Provider nachzufragen?«

»Sicher. Ich habe die richterliche Anordnung gerade beantragt, um die Providerdaten abrufen zu können.« Die Kommissarin schüttelte den Kopf. »In ein paar Wochen weiß ich dann Bescheid. Ich würde gerne früher etwas unternehmen.«

»Na gut. Es kann natürlich auch sein, dass es diese SMS nie gegeben hat.«

»Schon möglich. Aber weißt du, ich habe Benedetti persönlich vernommen. Und er hat die Wahrheit gesagt. Ich merke immer, wenn mir jemand einen Bären aufbinden will.«

»Und das soll ich dir einfach so glauben?«

»Früher oder später merkst du das schon selbst.«

$X^2 - 19 + 90 = 0$

»Mhm … so … ja, so, du bist drin … Noch ein bisschen fester …«

»Nein, wart … mach langsam … ich gehe lieber noch mal raus, und dann schön langsam … nicht dass das Ding, weißt du …«

»Was?«

»Nicht dass es reißt … Natürlich ist es aus Gummi, aber …«

Die Kommissarin griff entschlossen zum USB-Kabel, zog es ab und steckte es dann erneut in die Handybuchse.

»So. Ich glaube, jetzt ist es wirklich drin. Und wie geht es jetzt weiter?«

»Wir behandeln das Gerät wie eine externe Festplatte. Da ist sie ja, ›Android 1002‹. Klick mal drauf.«

Die Kommissarin öffnete mit einem vorsichtigen Doppelklick das Symbol, auf das Massimo gezeigt hatte. Er griff unterdessen zur Tastatur und zog sie ohne falsche Zurückhaltung zu sich herüber.

»Pass auf, die ist nicht kabellos«, sagte Alice. »Technologisch gesehen leben wir hier in der Kreidezeit.«

»Keine Sorge. Jetzt brauchst du nur noch das Programm auszuführen. Wann hat dir Benedetti das Handy eigentlich gegeben?«

»Also, direkt gegeben hat er es mir nicht. Ich habe

es beschlagnahmt. Das war gestern Vormittag gegen halb elf.«

»Gut. Dann müssten wir's hinbekommen.« Massimo drückte auf eine Taste, und auf dem Bildschirm erschien sogleich eine Liste, in der sämtliche Dateien akkurat untereinander aufgeführt waren. Massimo, der den Ablauf mit Genugtuung beobachtet hatte, drehte sich zu Alice. »Die Hauptsache ist, dass er nichts heruntergeladen oder gespeichert oder dass er sonst wie Daten empfangen hat, mit denen die Nachricht überschrieben worden sein könnte. Also es darf nichts in den Bereich des Speichers geschrieben worden sein, auf dem sie abgelegt war.«

»Hoffen wir das Beste«, gab die Kommissarin zurück, ohne die Augen vom Bildschirm wenden zu können. »Aber das wäre doch auch komisch, oder? Der frischgebackene Mörder, der sich mal rasch eine App mit Giallo-Zafferano-Rezepten herunterlädt.«

»Sehe ich auch so. Du bist also sicher, dass er es war.«

»Na ja, man sollte sich ja nicht zu weit aus dem Fenster lehnen, aber ich kann mir kaum vorstellen, wer es sonst gewesen sein sollte.« Die Kommissarin blies sich eine Haarsträhne aus dem Mundwinkel. »Wobei ich dir sagen muss, nach dem, was mir Atlas' Frau erzählt hat, würde ich mich nicht wundern, wenn er Selbstmord begangen hätte.«

»Tatsächlich.«

Die Kommissarin zog eine beredte Grimasse, ohne Massimo anzuschauen. Dann drehte sie sich zu ihm und sah ihn aus leicht verschleierten Augen an.

»Was ich dir jetzt sagen werde, bleibt unter uns, ja?«

Alice rückte sich im Stuhl zurecht und legte die Hände zwischen die Knie.

»Also, um es kurz zu machen, die Tante hatte herausgefunden, dass Atlas sie betrogen hat. Und wenn ich dir erzähle, wie sie's herausgefunden hat, lachst du dich schief.«

»Schon möglich. Probier's aus.«

»Ja, gerne. Atlas hatte so einen Luxusschlitten, einen Mercedes mit sämtlichem technischen Schnickschnack, den du auf der Welt findest, darunter natürlich auch Bluetooth. Die Frau fuhr einen Kleinwagen. Eines Tages, Atlas ist gerade mit dem Fahrrad unterwegs um fit zu bleiben, nimmt die Frau das Auto ihres Mannes und lässt den Kleinwagen stehen, da brannte irgendeine Kontrollleuchte, die ihr nicht gefiel. Sie macht also ein paar Besorgungen und parkt schließlich vor dem Zeitungskiosk an der Sterpaia. Sie geht rein, kauft, was sie braucht, geht wieder raus, lässt den Motor an, und was sieht sie?«

Woher soll ich das wissen, sagte Massimos Miene. Die Kommissarin kostete die Pause aus und strich mit den Händen über ein imaginäres Band.

»Sie sieht, wie auf dem Display des Wagens der Schriftzug ›iPhone von Atlas‹ erscheint.«

Massimo legte den Kopf schief.

»Du meinst, Atlas' Luxuskarosse hat sein Handy in der näheren Umgebung geortet und automatisch eine Verbindung hergestellt?«

»Genau. Und weißt du, so viel gibt es da in der Gegend nicht. Bluetooth hat, wenn es hochkommt, eine Reichweite von ein paar Dutzend Metern, und außerdem ... Kennst du dich aus an der Sterpaia, weißt du, die Stelle, wo der Zeitungskiosk steht? Gleich neben der Reihenhaussiedlung.«

»Ja, Casale di San Bonifacio. Das kenne ich. Da wohnt ein Freund von mir.«

Übrigens hätte ich Lust, dir von meinen Freunden zu erzählen. Zum Beispiel von Cesare, der mir erst das Knie repariert und mir dann auch noch geholfen hat, einen Mörder zu suchen, so wie wir das jetzt machen. Ich würde gerne mal mit euch beiden Abendessen gehen. Da müsste ich noch nicht mal die Konkurrenz fürchten, Cesare ist ja ein Warmer. Ja, ich weiß, das heißt schwul oder gay. Aber ich muss es mir jedes Mal übersetzen, spontan fällt mir erst ›warmer Bruder‹ ein. Auch bei Cesare übrigens. Und ich sehe darin kein Problem. Mich selbst bezeichne ich in Gedanken ja auch als Wichser und nicht als Single. Ich bin sicher, dass eine politisch korrekte Ausdrucksweise bei uns kein Thema wäre. Du gehörst ja auch zu denen, die es hassen, solche Floskeln wie »andersfähig« zu verwenden, und denen klar ist, dass ein »Mensch mit Mobilitätsbeeinträchtigungen« genau dieselben Schwierigkeiten hat wie ein Lahmer. Du würdest gleich kapieren, dass es mir nicht darum geht, jemanden zu beleidigen.

»Also, Terje Luts war gleich klar, dass das Signal aus einem dieser Häuser kommen musste. Sonst steht da ja nichts. Aber sie hatte Angst, von ihrem Mann gesehen zu werden. Deshalb ist sie weitergefahren und erst am Abend zu Fuß zurückgekommen, als wenn nichts wäre. Sie hat einen Blick auf die Klingelschilder geworfen und sich die Namen notiert. Noch in derselben Nacht hat sie dann, während Atlas schlief, sein Handy stibitzt und nachgesehen, ob sich in den Kontakten eine Übereinstimmung mit den Namen fand, die sie sich aufgeschrieben hatte.«

»Respekt. Das nennt man methodisches Vorgehen.«

»Ja, oder? Und sie hat auch auf Anhieb gefunden, wonach sie suchte. Nämlich die Nummer einer der Personen, die sie von den Klingelschildern kannte, du wirst mir nachsehen, wenn ich den Namen unerwähnt lasse. Jedenfalls lag die Hypothese nahe, dass es sich um eine Geliebte ihres Mannes handelt. Sie sieht sich also die Nachrichten zwischen den beiden durch, und die Hypothese wird beinahe zur Gewissheit. Als Nächstes klickt sie den Foto-Ordner an, um zu schauen, wie diese Tante wohl aussieht.«

»Und da hat sie fast der Schlag getroffen.«

»Ganz recht. Zuerst hat sie es gar nicht verstanden. Ihrer Aussage nach war das Handy voller Zeug, das sie überhaupt nicht einordnen konnte. Fotos, Filme, Tonaufnahmen. Sie klickt ein bisschen herum, und da wird die Aufnahme eines Gesprächs abgespielt. Zwischen zwei Leuten, die sie nicht kennt. Aber beim Zuhören wird ihr so einiges klar. Sie reimt sich den Sinn der Unterhaltung zusammen, sie erkennt die Stimme von Vanessa Benedetti. Und sie begreift, dass ihr Mann nicht nur ein Ehebrecher ist, sondern auch ein Betrüger.«

Die Kommissarin breitete die Arme aus, zum Zeichen der Unausweichlichkeit dessen, was jetzt noch zu erzählen blieb.

»Da geht sie hin und schreibt ihm einen Brief – sie hätte herausgefunden, was er für ein Hurenbock ist, dass er eine Geliebte hat, dass er ein Betrüger ist. Und am Schluss schreibt sie, sie würde jetzt aus dem Haus gehen und ihn schnurstracks bei der Polizei anzeigen. Was sie dann auch getan hat, hier auf dem Revier.«

Massimo sagte nichts.

»Dann hat sie sich in den Zug gesetzt und ist weggefahren. Nach Cinque Terre, nach Manarola. Um aufs Meer hinauszuschauen, sagt sie. Feststeht, dass sie dort übernachtet hat, wir haben die Buchungsdaten der Pension. Und während sie aufs Meer hinausschaute, sah ihr Mann, wie um ihn herum die Welt zusammenbrach.«

Massimo sagte immer noch nichts.

»Die Ehe am Ende. Seine Karriere als Guru ebenso. Am Abend zuvor war er noch ein erfolgreicher Wahrsager, verehrt von den Trotteln der ganzen Provinz, vor sich eine Zukunft zur Hauptsendezeit. Am Morgen war er nur noch ein mieser kleiner Betrüger mit einer Zukunft im Knast. Genug, um sich eine Kugel zu verpassen.«

»Vielleicht. Vielleicht auch nicht.«

Massimo zeigte auf das Display.

»Da. Schau dir mal die Nummer an.«

»Warte. 33076, ja, das ist sie. ›Ich habe da was, das ich dir sagen muss. Bin heute in der Praxis. Allein.‹ Tatsächlich. Da ist die SMS. Das ist die Nummer von Atlas, kein Zweifel.«

»Was gibt es da zu grinsen?«

»Nichts.« Sich selbst widersprechend, ließ die Kommissarin ihr hintergründiges Lächeln sehen. »Nur was ich dir schon gesagt hatte, mir bindet keiner einen Bären auf. Wenn mich einer verarschen will, merke ich sofort, was Sache ist.«

»Du Glückliche.« Massimo stieß sich mit den Füßen ab, sodass der Schreibtischstuhl ein Stück zurückfuhr. »Bei mir passiert das eher selten. Und wenn ich mal was merke, dann habe ich wenig Grund, damit anzugeben.«

»Wie als du damals heimgekommen bist und deine Frau mit ihrem Arbeitskollegen erwischt hast?«

Massimo, der gerade aufstehen wollte, erstarrte für einen Moment, die Hände auf den Armlehnen und die Oberarme so angespannt wie Kleopas auf Caravaggios *Abendmahl in*

Emmaus. Sollte der geneigte Leser dieses Bild nie gesehen haben, so tut es mir leid für ihn: Vielleicht sollte er mal anfangen, sich ein wenig Bildung anzueignen, anstatt seine Zeit mit Krimis zu verschwenden.

»Hast du das von den Alten?«

Alice zog die Schultern hoch.

»Du redest ja nie darüber.«

»Vielleicht hat das einen Grund.«

»Ach, Massimo, versuch sie doch zu verstehen. Das ist ihre Art, sich um dich zu kümmern.«

»Jaja. Im Grunde sind wir fast eine Familie, nicht wahr? Jeder ist für den anderen da. Sie kümmern sich um mich, und ich kümmere mich um sie.«

Komm schon, Massimo. Jetzt oder nie.

»Aber okay, ich habe einen Vorschlag, um falsche und tendenziöse Darstellungen aus der Welt zu schaffen. Wenn wir diesen Fall, dieses ganze Durcheinander hinter uns haben, gehen wir zusammen essen, wenn du magst. Du wirst dann schon sehen, wie schnell dir die Lust vergeht, mich näher kennenzulernen.«

Das Lächeln der Kommissarin hatte mittlerweile mehr oder minder die Haarwurzeln erreicht.

»Wunderbar. Dann sollte ich mich mal etwas beeilen, den Fall aufzuklären. Und deshalb muss ich mich jetzt wohl, so sehr ich das bedauere, von deiner Gesellschaft losreißen. Sehen wir uns morgen in der Bar?«

»Klar. Wo sollte ich denn sonst hin?«

Zehn

»›Mein Mann hat sich umgebracht, lasst ihn in Frieden ruhen. Terje Luts, die Frau von Atlas, bricht ihr Schweigen: Er litt seit Längerem an Depressionen, hatte schon einen Selbstmordversuch hinter sich.‹«

Rimediotti grummelte ein Geräusch von zweifelhafter Bedeutung, in dem sich jedoch ein unmissverständlicher Unwille ausdrückte, vielleicht gegen die Äußerungen der Witwe, wer weiß. Dann, in der Hand noch immer die aufgeschlagene Zeitung, die er sorgfältig ausgebreitet hatte wie ein zum Trocknen aufgehängtes Betttuch, fuhr er fort:

»›Wenige Tage nach dem tragischen Ableben Atlas' des Leuchtenden hatten wir Gelegenheit, seine hinterbliebene Ehefrau zu besuchen, Signora Terje Luts. In dem Exklusivinterview, das sie unserer Zeitung gewährt hat, erzählt sie von ihrem Mann und enthüllt uns einige Hintergründe aus seinem Leben, die ein neues Licht auf den Tod des bekannten Mediums werfen.‹«

»›Mein Mann litt seit Langem an einer depressiven Krankheit, die als bipolare Störung bekannt ist, sagt Signora Luts. Er war deshalb bei einem Spezialisten in Behandlung. Seit etwa fünfzehn Jahren musste er exakt dosierte Medikamente nehmen. Seine Stimmungsschwankungen hatten sich schon lange stabilisiert, und er konnte ein völlig normales Leben führen.‹«

»Na ja, normal …«, ließ Pilade sich vernehmen.

»Mein Gott, natürlich war der normal«, antwortete Ampelio. »Im Grunde war er eine Art Beamter. Die Leute kamen mit ihren Problemen zu ihm, und er ließ sie erst zahlen und dann im Regen stehen. Gerade wie auf dem Rathaus, mal abgesehen von den sieben oder acht Kaffeepausen.«

»›Wir fragten Signora Luts auch, ob ihr Mann schon in der Vergangenheit versucht habe, sich das Leben zu nehmen, oder ob er selbstverletzendes Verhalten an den Tag gelegt habe. Die Antwort ist äußerst aufschlussreich.‹« Gino strich die Zeitung glatt. »›Ich weiß, dass mein Mann, bevor wir uns kennenlernten, ein paar schlimme Rückschläge erleiden musste, und zwar im Zusammenhang mit dem Leistungssport. Mein Mann fuhr sein Leben lang Radrennen, auch jetzt bei den Senioren. Erst vor wenigen Wochen hat er noch an einem Rennen teilgenommen. In jungen Jahren war Marcello ein hervorragender Radrennfahrer, der womöglich eine Zukunft als Profi gehabt hätte, doch dann kam es bei einer Dopingkontrolle zu einem positiven Ergebnis. Damals haben alle gedopt, vielleicht hatte er sich Feinde gemacht, ich weiß es nicht. Jedenfalls endete seine Karriere, bevor sie richtig begonnen hatte. Ich weiß nicht viel von dieser Geschichte, mein Mann sprach nur ungern darüber, aber Menschen, die ihn kannten, haben mir erzählt – vielleicht um mich zu trösten –, dass er bereits damals versucht hat, sich umzubringen.‹«

»Daran kann ich mich noch erinnern«, unterbrach Ampelio. »Das war im Sommer, während der Coppa Agostoni.«

»Schon gut«, gab Pilade zurück. »Aber das ist Ewigkeiten her. Lässt du Rimediotti jetzt mal weiterlesen, der hat doch noch Halsschmerzen, der Arme.«

»Ha, als ob Gino sich wegen ein paar Halsschmerzen sorgen müsste«, verteidigte sich Ampelio.

Unglaublich, aber wahr, ging es Massimo durch den Sinn. Dieser Rimediotti ist einfach unverwüstlich. Jetzt kenne ich ihn seit vierzig Jahren, und seit vierzig Jahren steht er da, als könnte ihn nichts umhauen. Sieht aus, als ob seine Seele an den dritten Zähnen hängen würde, hat zwei Bypässe und raucht fleißig weiter, ein wahrer Prothesensammler, aber eisern. Und dabei hat er jeden Monat was Neues. Asthma, Durchblutungsstörungen, Rückenschmerzen, eine Lungenentzündung, aber was es auch ist: Jedes Mal flicken sie ihn irgendwie zusammen und bringen ihn wieder auf die Beine. Manchmal liest man ja von Leuten, die ihren Lebtag nicht eine Erkältung haben, aber wenn sie sich dann beim Nagelschneiden verletzen, setzt es eine Infektion, und eine Woche später stehen sie vor dem Thron des Höchsten. Nichts zu machen, diese alten Säcke sind aus einem anderen Holz geschnitzt.

»›In letzter Zeit hatten mein Mann und ich heftige Auseinandersetzungen. Um moralische Fragen, die mit seinem Beruf zu tun hatten. Wir hatten beschlossen, uns zu trennen. Genau genommen war es meine Entscheidung. Sie ist mir nicht leichtgefallen, und nachdem ich sie ihm mitgeteilt hatte, schien mir das Beste, für einige Tage wegzufahren und jeden Kontakt zu vermeiden. Natürlich hätte ich nie gedacht, dass er so darauf reagiert. Die Frage drängt sich auf, welche Unstimmigkeiten zu dieser Entscheidung geführt hätten, doch Signora Luts lehnt es höflich ab, auf diesen Punkt näher einzugehen. Mehr kann ich dazu nicht sagen, schließlich sind noch Ermittlungen im Gange. Und ich vertraue den Ermittlern, ich weiß, dass die Polizei ihre Arbeit versteht.

Aber ich weiß auch, dass jemand unter Mordverdacht steht. Ich kann nur hoffen, dass die Zuständigen bald begreifen werden, dass es kein Mord gewesen ist.‹ Donnerwetter, was für eine Frau. Das ist beeindruckend.«

»Auf mich macht sie schon auch Eindruck«, schaltete sich Ampelio ein. »Aber nicht ganz so, wie du das meinst.«

»Mensch Ampelio, die könnte deine Enkeltochter sein.«

»Ja, wen soll ich denn anschauen, die in meiner Altersklasse? Die sind doch bestenfalls noch für Suppe gut. Apropos Frauen und Altersklassen – Massimo, was sagt denn deine zukünftige Freundin dazu?«

Für Profis des Bargeplänkels empfiehlt es sich, in solchen Fällen mitzuspielen. Die Sache leichtzunehmen, im Wissen, dass die Beteiligten nicht etwa böswillig daherreden, sondern nur weil sie so sind, wie sie sind. Jemanden zu veräppeln, ist in diesen Breiten ein Zeichen der Zuneigung und gleichzeitig eine eindeutige Anerkennung seiner Intelligenz und seiner zwischenmenschlichen Fähigkeiten. Ich weiß, dass du ein guter Typ bist, ich weiß, du wirst verstehen, wenn ich dich auf den Arm nehme, also tue ich's auch: Da haben wir beide unseren Spaß. Wenn einer auf unschuldige Provokationen beleidigt reagiert, dann zeigt er sich damit als jemand, mit dem man besser keine Zeit verschwendet. Und jemandem Zeit zu widmen, der es nicht verdient, ist einer der größten Fehler, die ein Mensch begehen kann. Mit zwanzig wie mit achtzig, aber mit achtzig noch mehr.

»Dienstgeheimnis. Da müsst ihr sie schon direkt fragen.« Mit einer Geste wie aus einer anderen Zeit sah Massimo auf die Armbanduhr. »Sie müsste sowieso gleich da sein. Es wird Zeit für Cappuccino Nummer zwei.«

»Und? Und? Hat er gestanden, hat er gestanden?«

Die Kommissarin löste eine schaumbesetzte Oberlippe vom Tassenrand. Dann stellte sie den Cappuccino ab und musterte Ampelio einen Moment lang mit ausdruckslosem Blick. Seit Betreten der Bar hatte sie den Mund nur aufgemacht, um Cappuccino hineinzugießen.

»Also wirklich, Ampelio, Sie glauben doch nicht, dass ich in der Bar über den Fall diskutiere, vor versammelter Einwohnerschaft?«

»Was heißt da vor versammelter Einwohnerschaft? Wir sind doch bloß zu viert.«

»Eben«, bestätigte die Kommissarin. »Nein, er hat nicht gestanden. Und er wird auch nicht gestehen. Ich kann's euch ja ruhig sagen, es werden sowieso bald alle erfahren: Gianfranco Benedetti ist auf freiem Fuß. Ein Haftgrund lag nicht vor, weil er nicht mehr verdächtigt wird, Atlas den Leuchtenden ermordet zu haben.«

Auf den Gesichtern der vier machte sich Enttäuschung breit.

»Wie kann denn das sein?«

»Nicht wie kann das sein, meine Herren, sondern: Wie verhält es sich wirklich«, antwortete die Kommissarin mit gespielter Ruhe.

»Aber wir reden hier von einem Kriminellen!«

»Ja, es bleibt ja auch bei der Anklage wegen schweren Betrugs und Vortäuschung einer Straftat«, gab Alice zurück, die Stimme etwas sanfter. »Aber wir können ihn nicht mehr wegen Mordes festhalten.«

»Na prima«, verkündete Ampelio. »Jetzt packt er seine Siebensachen und verschwindet. Ist Ihnen das nicht klar?«

»Ampelio, ich bitte Sie, machen doch Sie sich einmal klar, wer hier der Polizist ist. Nämlich ich.«

Das kam mit einer Härte, die beinahe fehl am Platz schien. Massimo freilich fand sie überaus angebracht. Denn sympathisch sind die vier, aber wenn sie's übertreiben, muss man sie schon mal in die Falten verweisen.

Die Kommissarin ließ die Tasse ein paar Mal gegen das Tellerchen stoßen, atmete tief durch und erklärte dann etwas ruhiger:

»Er wird nicht mehr des Mordes verdächtigt, weil es keinen Mord gegeben hat. Marcello Barbadori hat sich erschossen. Das Ergebnis der Autopsie lässt daran keinen Zweifel.«

»›... die prämortalen Blutergüsse an der rechten Hand (siehe S. 3–4), die zweifelsfrei auf den Rückstoß der Waffe zurückzuführen sind, sowie die Fissuren im Mund, die zum Lauf der Waffe passen, stützen die mechanistische Hypothese, derzufolge der Lauf von unten nach oben in den offenen Mund des Opfers eingeführt wurde, den Abzug nach draußen gerichtet.‹«

Ein Mund, der offen stand. Genau wie jener der Alten, die seit etwa fünf Minuten die dritten Zähne in die Luft reckten, während die Kommissarin zentrale Passagen aus dem Autopsiebericht vorlas.

»›Zusammenfassend lässt sich sagen, dass die Beweislage in keiner Weise der Rekonstruktion der Ereignisse widerspricht, die von den Ermittlungsbeamten am Tatort vorgenommen wurde.‹ Kurzum, Atlas hat sich die Pistole in den Mund geschoben und eigenhändig den Abzug betätigt. Etwas anderes als ein Selbstmord kommt nicht infrage. Der

Erkennungsdienst sieht das so. Und die Autopsie lässt keinerlei Zweifel am Befund des Erkennungsdienstes aufkommen, im Gegenteil. Da ist also nicht viel zu machen.«

»Und jetzt?«

Die Kommissarin blickte in die dicken Brillengläser Rimediottis, der den am wenigsten überzeugten Eindruck machte.

»Und jetzt ist Ruhe.« Die Kommissarin klappte die Akte zu und steckte sie zurück in die Tasche. »Wenn ich Ihnen das hier vorgelesen habe, dann eben weil ich in dieser Sache keine Zweifel offenlassen will, und ich will auch nicht, dass weiter darüber diskutiert wird. Übrigens sind Sie die Ersten, mit denen ich darüber rede. Bisher weiß, bis auf mich, Sie und den Gerichtsmediziner, niemand Bescheid. Noch nicht einmal die Weichtiere von meinen Mitarbeitern. Der Fall ist abgeschlossen, das war's. Es gibt keine Mordermittlungen, nur einen Selbstmord fürs Archiv. Und das Beste für alle wäre, darüber den Mantel des Schweigens zu breiten.«

Die vier verharrten einen kurzen Moment lang schweigend, wie Kinder, die zusehen, wie ihr Ball in den Abgrund rollt.

»Wir haben damit kein Problem«, sagte Aldo und drehte die Handflächen nach oben. »Aber mir scheint, Sie werden das nicht nur uns erklären müssen.«

»Wie meinen Sie das?«

»Sehen Sie den Mann da, der gerade den Kreisverkehr überquert?«

Die Kommissarin kniff die Augen zusammen und spähte durch die Glastür.

»Rotes T-Shirt, gefärbte Haare, Plattfüße?«

»Genau.« Aldo erhob sich von seinem Stuhl. »Er heißt Saverio Brunetti und ist Journalist beim *Tirreno*. Ich kann mich täuschen, aber wenn Sie mich fragen, kommt er in dreißig Sekunden zur Tür herein.«

Zuweilen wird das Gleichgewicht in einer Gruppe durch eine einzige Person ins Wanken gebracht. Das schlichte Eintreffen eines Menschen zerstört die Selbstverständlichkeit, mit der man sich bis zu diesem Augenblick fast wortlos verstand. Jemand steht auf, jemand schlägt die Beine übereinander, und die Gespräche schnurren auf den Austausch von Wörtern zusammen, die den Begriff Einsilbigkeit als Übertreibung erscheinen lassen. Eben diesen Eindruck konnte man gewinnen, als Dr. Brunetti die Schwelle zur BarLume überschritt.

»Guten Tag miteinander.«

»Dito«, antwortete Pilade, da sich sonst keiner die Mühe machte.

Der Journalist sah sich um. Mehr als in einer Bar schien er sich im Wartezimmer einer Arztpraxis zu befinden. Dann machte er inmitten der einigermaßen verlegenen Gesichter, die sichtlich damit beschäftigt waren, sich um ihren eigenen Dreck zu kümmern, eines aus, das ihn mit Neugier musterte, und steuerte darauf zu.

»Gestatten? Brunetti vom *Tirreno*.« Der Journalist streckte der Kommissarin die Hand hin.

»Martelli, Polizia di Stato«, antwortete die Kommissarin lakonisch.

»Na so was. Das trifft sich gut.« Dr. Brunetti stützte sich auf den Tresen, vielleicht stützte der ja auch seine Thesen. »So ein ›di Stato‹ hat ja immer etwas Einschüchterndes. Mich erinnert das an die Länder hinter dem Eisernen Vorhang. Wo alles entweder verboten oder verpflichtend war, wissen Sie?«

»So halbwegs«, antwortete die Kommissarin. »Ich bin in den Achtzigerjahren geboren.«

»Sehr schön. Die ideale Kandidatin, um in solchen Fällen zu ermitteln. Da braucht es schon eine *digital native*, um diesen Wirrwarr aufzudröseln, diese Telefonate und Abhörtricks. Und dann noch all die zwielichtigen Gestalten. Dürfte ich Ihnen vielleicht ein paar Fragen stellen?«

Die Kommissarin vermied es mit professioneller Kühle, den Teppich der Lobhudelei zu betreten, den der Journalist vor ihr ausgerollt hatte.

»Ja, das ist schließlich Ihr Job. Aber nehmen Sie es mir nicht übel, wenn ich sie nicht beantworte.«

»Übel nehmen?« Der Journalist lachte in sich hinein, während er seine Kladde zückte. »Ich bin seit zwanzig Jahren verheiratet, ich nehme so schnell nichts übel. Ich werde also fragen, und Sie können mich gern zum Teufel schicken, wenn Sie möchten. Gibt es in dem Fall seit gestern irgendwelche Neuigkeiten?«

»Ja.«

Dr. Brunettis Stift blieb in der Luft hängen. Dann schien ihm klar zu werden, dass sich ein anderer Ansatz empfahl. Er ließ den Stift sinken und setzte sorgfältig die Kappe darauf.

»Na gut, ich verstehe. Könnte ich Sie dann vielleicht bitten, den Tathergang mit eigenen Worten zu beschreiben?«

»Ich glaube nicht, dass das angebracht wäre. Wir haben da noch ein paar Ungereimtheiten gerichtsmedizinischer Natur.«

»Aha. Na, dann stelle ich Ihnen nur ein paar Fragen zum

Opfer. Es drängt sich der Eindruck auf, dass Barbadori seine Aktivitäten als Magier auf eine Weise abwickelte, die, sagen wir, nicht ganz der Berufsehre entsprach.«

»Ja, das ist tatsächlich so«, bestätigte die Kommissarin. »Momentan kann ich Ihnen nicht viel mehr sagen, aber aus der Anzeige seitens der Frau hat sich ergeben, dass Barbadori im Wesentlichen ein Betrüger war.«

»Na ja, ein bisschen wie alle Zauberer, oder? Und seine Klienten hat er auch ausgenutzt, oder liege ich da falsch?«

»Das ist mir nicht bekannt. In keinster Weise.«

Dr. Brunetti setzte eine weltgewandte Miene auf, einer, der fünf Jahre als Soldat in Cuneo hinter sich hatte und nicht etwa zehn im Zuchthaus von Rebibbia, wie sie ihm die Kommissarin offenbar andichten wollte.

»Kommen Sie, Signora Commissaria. Eine kleine Vorabinformation bringt doch niemanden um. Wieso haben Sie eigentlich Atlas als selbstlosen Menschen bezeichnet?«

Zum ersten Mal schien sich die Kommissarin für das zu interessieren, was der Journalist da sagte.

»Wie bitte?«

»Ich habe aus sicherer Quelle erfahren, dass Sie das Opfer als ›selbstlos‹ beschrieben hätten. So einen Ausdruck kennt man eher aus anderen Zusammenhängen. Einen Betrüger würde ich eher nicht so beschreiben.«

In der Tat schien das Wort nicht recht in den Kontext zu passen.

»Ich habe Barbadori nie als selbstlos bezeichnet.«

Diesmal war es der Journalist, der verdattert guckte, und sein Blick fuhr rasch das Gesicht der Kommissarin ab, als könnte eine eilige Augen-Mund-Brauen-Vermessung ihm helfen zu erkennen, ob diese Tante wohl die Wahrheit sprach.

»Tja. Sie haben also nie gesagt…«, fragte er die Kommissarin verbal, während sein Blick durch die Bar schweifte und eine andere Frage formulierte.

Da platzte es aus Ampelio heraus.

»Was stand in deiner Nachricht, Gino?«

»Na, was wohl? Das, was wir ausgemacht haben. Schau's dir halt an.« Rimediotti nahm ein Handy aus der rechten Tasche, das aus babylonischer Zeit zu stammen schien. »›Kommissarin eingetroffen. Sagt, Atlas war Selbstmord.‹«

Pilade beugte sich über Ginos Schulter und starrte mit zusammengekniffenen Augen auf das winzige Display.

»Herrgott, Gino«, sagte er nach einem kurzen Moment und zeigte mit dickem Finger aufs Handy, »da steht nicht ›Selbstmord‹. Da steht ›selbstlos‹.«

»Was?« Rimediotti schob sich die Brille auf die Stirn. »Wie ist das möglich?«

»Echt wahr, Gino, du taugst noch nicht mal zum SMS-Verschicken.«

»Nein, Himmel«, verteidigte sich Rimediotti und klickte auf dem Handy herum, als könnte er noch etwas ändern. »Ich habe doch ›Selbstmord‹ geschrieben … Ach, weißt du, das war bestimmt das T neun…«

»Quatsch, T neun«, erwiderte Aldo. »Sie müssen wissen, Signorina Alice: SMS schreibt man mit dem Daumen, der bei Primaten bekanntlich opponierbar ist. Bei Rimediotti muss die Evolution auf halber Strecke haltgemacht haben. Na, ich hatte ihm ja sowieso gesagt, dass das eine bekloppte Idee ist.«

Die Kommissarin, die einige Sekunden lang wie gelähmt

dagestanden hatte, drehte sich zu Gino um, im Gesicht den Ausdruck eines Autofahrers, der gerade herausgefunden hat, wer ständig die Reifen an seinem SUV aufschlitzt.

»Einen Augenblick, Gino – Sie haben eine Nachricht an Signor Brunetti geschickt, um ihm mitzuteilen, was ich Ihnen gerade erzählt hatte?«

»Nein, also, ich meine … Wir hatten uns mal unterhalten, und er hatte uns gebeten …«

»Die Schuld liegt ganz bei mir«, schaltete der Journalist sich ein, in einem heroischen Versuch, Rimediotti das Leben zu retten. »Ich hatte die Herren darum gebeten, völlig vertraulich, versteht sich, mir Bescheid zu geben, falls ihnen Neuigkeiten zu den Ermittlungen zu Ohren kämen oder sie sonst etwas von Ihnen mitgeteilt …«

»Hören Sie, Dr. Brunetti, die Herren hier sind auf geradezu himmelschreiende Weise volljährig. Wenn sie Ihrer Bitte Folge geleistet haben, dann wussten sie also, was sie taten.« Die Kommissarin erhob sich und ging zur Kasse. »Abgesehen davon, dass Sie Journalist sind, trifft Sie keinerlei Schuld. Sie wissen jetzt also, dass es sich um einen Selbstmord handelt, das dürfen Sie gerne schreiben. Die Details können Sie sich ausdenken, ich glaube, Sie wissen, wie das geht.«

Der Journalist stand seinerseits auf und versuchte sich an einer Annäherung.

»Ich tue doch nur meine Arbeit, Signora Commissaria. Können wir uns da nicht irgendwo treffen?«

»Treffen? Sie müssen schon entschuldigen.« Die Kommissarin, die eine Zeit lang zunehmend gereizt in ihrer Tasche gekramt hatte, löste das Problem auf drastische Weise durch Ausleeren auf dem Tresen. Der Lärm klang wie auf einer Baustelle. Nachdem sie das heillose Durcheinander von Schminkutensilien, Zigaretten und diversen weiteren Gegenständen durchgekramt hatte, griff sie nach einem Zwei-Euro-Stück, das im Begriff war, auf die Zuckerschale zuzurollen, und pfefferte es auf die Untertasse, die vor der Kasse stand. »Das könnten wir sicherlich, wenn wir dasselbe Ziel verfolgen würden.«

»Ich glaube, das tun wir durchaus.« Der Journalist steckte die Kladde wieder ein und öffnete die fleischigen Lippen zu einem Lächeln, das gewiss den besten Absichten entsprang, aber so falsch wirkte wie ein Drei-Euro-Schein. »Wissen Sie, Signora Commissaria, Sie und ich, wir sind wie zwei Ärzte, die denselben Patienten behandeln. Nur dass ich Radiologe bin und Sie Chirurg. Ich stelle Diagnosen, Sie bringen die Sache in Ordnung.«

Die Kommissarin, damit beschäftigt, ihre Siebensachen zusammenzusuchen, antwortete nicht. Ihrer Miene war nur zu entnehmen, dass sie bedauerte, beim Beladen der Handtasche die Axt vergessen zu haben.

»Diagnosen stellen können Sie auch, ich weiß«, bemühte Dr. Brunetti sich weiter. »Aber dafür müssen Sie erst ins Innere gelangen. Mit dem Skalpell aufschneiden. Ins Fleisch dringen. Ihre Ermittlungen verlaufen niemals schmerzfrei. Wer bei Ihnen war, hat hinterher eine frische Narbe. Und falls der Betreffende vorher gesund gewesen sein sollte, ist er es nun möglicherweise nicht mehr. Die Wunde könnte sich entzünden, nicht wahr, auch wenn der Schnitt nach allen Regeln der Kunst erfolgt ist.«

»Mag sein.« Die Kommissarin, deren Tasche wieder gefüllt war, ordnete den Inhalt mit einer herzhaften Schüttelbewegung und machte sich dann auf den Weg zur Tür.

»Aber wenigstens ist der Schaden lokal begrenzt. Ich weiß, welche Stelle ich zu desinfizieren habe, damit nichts passiert. Aber aus der Physik weiß ich auch, dass jedes System Veränderungen unterliegt, sobald man in irgendeiner Weise darauf einwirkt. Allein schon der Versuch, Messungen vorzunehmen oder sonstige Informationen darüber zu sammeln, kann schwerwiegende Folgen nach sich ziehen. Wird die Sache zu stark beleuchtet, so kann das schädlich sein. Verstehen Sie mich nicht falsch, ja? Ich spreche hier von so etwas wie Röntgenstrahlung. Da ist man dann schnell mal voller Metastasen.«

»Entschuldigung, werfen Sie mir hier etwas Bestimmtes vor?«

Die Kommissarin, die Hand bereits an der Türklinke, drehte sich noch einmal um.

»Sagen wir's so, ich habe einen begründeten Verdacht: Wenn die Zeitungen nicht in Riesenlettern das Verschwinden von Signora Vanessa Benedetti herumposaunt hätten, dann hätten wir jetzt einen Betrüger mehr, aber auch einen Toten weniger.« Die Hand der jungen Frau packte den Reißverschluss der Handtasche und zog ihn resolut zu. Anschließend griff sie erneut zur Klinke und öffnete nicht minder energisch die Tür. »Dann noch einen guten Tag. Für Sie hier mag das hinkommen. Für mich ist und bleibt es definitiv ein Scheißtag.«

Sie trat über die Schwelle und stampfte mit so eiligen wie genervten Schritten nach irgendwo. Hauptsache weit weg von der Bar.

Elf

Der 15. August teilt das Leben in einem Badeort in ein klares Vorher und Nachher.

Die offizielle, kalendarische Zeitrechnung glaubt, bis zum 21. September von Sommer sprechen zu dürfen. Aber der Sommer in unserem Kopf, das instinktive Erleben von Meer, Licht, Sand und Sonnenbräune, verändert am sechzehnten Tag des achten Monats unweigerlich seine Farbe und Perspektive.

Der erste Effekt betrifft, wie immer in Strandbädern, die territoriale Verteilung. Bis zum Tag davor haben die Einheimischen die Touristen mehr oder weniger wohlwollend ausgehalten, in dem Wissen, dass von diesen ein erklecklicher Teil ihres Umsatzes abhängt, und so lässt man die Invasion über sich ergehen, ohne mit der Wimper zu zucken, ja fast mit einem Lächeln. Vom Sechzehnten an ist man mit seiner Geduld am Ende. Und überall, ob am Zeitungsstand, in der Bar oder im Restaurant, tauchen die Eingeborenen allmählich wieder auf und ergreifen nach und nach Besitz von den Nervenzentren des Ortes, die eigenen Alltagsgewohnheiten im Gepäck. Es bleiben also wenige Feriengäste und das Stammpublikum.

Der ideale Zeitpunkt, um einen neuen Mitarbeiter einzuweisen.

»Einen Punsch?«

»Einen Punsch«, bestätigte die Posttonne. »Aber sagen reicht nicht, du musst mir schon einen machen.«

Augenzwinkernd, das Kinn in die Höhe gereckt, stand Marchino hinter dem Tresen der BarLume und grinste. Sein Gesichtsausdruck war der eines Mannes, der noch am Vortag zwei Diskotheken zwischen Broadway und South Kensington geführt hat und jetzt – aber nur weil ihm danach ist, klar? – in einer Bar in Pineta kellnert.

»Meine Güte, Annacarla, so auf nüchternen Magen willst du wirklich einen Punsch? Und dann steigst du aufs Mofa und ziehst mir die Kurven glatt. Hör lieber auf mich, ich mache dir zur Abwechslung einen schönen *marocchino lungo* mit Zimt. Du wirst sehen, der ist super.«

Von ihrem notgedrungen duldsamen Hocker aus musterte Annacarla Marchino mit einer Miene, an der aber auch gar nichts duldsam war.

Annacarla Boffici, die beliebteste Briefträgerin des Städtchens, wegen ihrer Tätigkeit und ihres Leibesumfangs als die Posttonne bekannt, betrat die BarLume seit gut zehn Jahren um Punkt neun Uhr und bestellte, sobald sie sich todesverachtend auf einen der Barhocker gesetzt hatte, grundsätzlich einen Punsch.

»Pass mal auf, du Nervensäge, den *marocchino* mit Zimt kannst du deiner Mutter andrehen«, blaffte sie und zeigte auf ein Glas, das auf der Kaffeemaschine stand. »Ich brauche morgens einen ordentlichen Punsch. Aber mit dem nüchternen Magen hast du vielleicht recht. Dann bring mir mal noch zwei Teilchen dazu.«

»Die machen dick, Annacarla«, bemerkte Ampelio.

»Dann werde ich eben dick.« Die Posttonne kicherte und

schnappte sich Teilchen Nummer eins. »Meinem Attilio gefalle ich auch so. Wie ich heute früh aus dem Haus gegangen bin, hat er gesagt, ich sei so schön wie ein Sonnenstrahl.«

»Ha, mir kommst du vor wie ein ganzes Strahlenbündel«, sagte Ampelio. »Wenn man dich neben Pilade stellt, hat man gleich ein Fahrrad zusammen.«

Wenndunichtaufhörstwalzichdichplatt, ließ Pilades Blick Ampelio wissen.

»Apropos Fahrrad«, sagte Annacarla, die das Teilchen fast ohne zu kauen verschlungen hatte, »ich hätte da einen Brief dabei, aber wenn mich nicht alles täuscht, kommt er zu spät.«

»Wieso?«

»Na, schau her«, sagte die Posttonne und kramte mit der linken Hand in ihrer Tasche, während die rechte sicherstellte, dass sich das zweite Teilchen noch auf dem Teller befand. »Das kommt vom Radsportverband, Landesabteilung Toskana. Adressiert an Barbadori Marcello, Via delle Begonie 71, Pineta.«

Sehensehen, sagte Pilades Hand und reckte sich in Richtung der Briefträgertasche.

»He, was macht ihr denn da?«, fragte Marchino.

»Na, ihn betrifft es doch nicht mehr.«

»Aber da kommen Leute!«

In der Tat war durch die Glastür zu sehen, dass jemand auf das Lokal zukam. Aber Ampelio hob nur kurz den Blick und erklärte das Problem dann für erledigt.

»Ach was, den kennen wir doch«, versicherte er, um lauthals hinzuzufügen: »Massimo, das ist dein Freund, der Fährmann.«

»Fährmann?« Marchino kniff die Augen zusammen. »Der ist doch Arzt.«

»Jaja, aber er kommt vom anderen Ufer.«

Massimo, der gerade aus dem Billardzimmer gekommen war, ging starren Schrittes zur Tür.

»Verdammt noch mal, Großvater, findest du nicht, dass du mich in den letzten Tagen schon oft genug reingeritten hast?«

»Na, du hast doch selbst gesagt, dass wir dir Bescheid geben sollen...«

»Beim nächsten Mal mach das mit der Pistole«, sagte Massimo, während er die schwarze Schürze abstreifte. »Und schieß möglichst nicht in die Luft. Nimm dir ein Beispiel an Barbadori, der hat das doch super gemacht. Hallo, Cesare.«

Mit überraschender Geschmeidigkeit – wir sprechen hier schließlich von einem Orthopäden – zog Cesare Berton die Tür hinter sich zu und betrat vollends die Bar. Wie immer lächelte er. Ein strahlendes, gewinnendes Lächeln, weiße Zähne, die sich klar von der sonnengebräunten Haut abhoben, dazu das Leinenhemd, der offene Blick und der Kopf, der gerade auf den Schultern saß: Cesare erschien genau als das, was er war, ein Arzt auf dem Höhepunkt seiner Karriere, seiner selbst und seines Platzes in der Welt sicher. Das schloss auch den Grund ein, aus dem er an diesem Vormittag hier war.

»Hallo, Massimo. Soll ich draußen warten?«

»Ich bin gleich bei dir.« Massimo drehte sich zum Tresen um, wo Marchino fast in Habachtstellung ging. »Also, Marchino, das Nötigste habe ich dir erklärt. Wenn sonst noch was anliegt...«

»Schon gut, Massimo, ich bin ja auch noch da«, lächelte Tiziana zweiunddreißig Zähne breit. Nicht jeder ist es vergönnt, am Arbeitsplatz den Exmann mit Anweisungen herumzukommandieren; das hätte an sich schon genügt. Aber Massimo hatte den Eindruck, dass ihr Lächeln anders ausgesehen hätte, wäre es nur darum gegangen. Und im Grunde fand er das beruhigend.

»Wunderbar. Ich bin in einem halben Stündchen wieder da. Nach Ihnen, Dr. Berton.«

»Nach Ihnen, Dr. Viviani.«

»Ach. Dahin stellst du mir den Läufer?«

»Stört er dich?«

»Nein, nein, im Gegenteil.« Massimo griff nach einem Pferd und setzte es auf ein schwarzes Feld unweit von Cesares Rochade. Dann tippte die Hand, die ja kein bloßes Greifinstrument war, mit Überzeugung auf den Chronometer. »Darauf warte ich schon seit drei Zügen.«

Cesare betrachtete das Schachbrett und stellte fest, dass Massimos Pferd die Bahn für einen Läufer frei gemacht hatte, der nun in diagonaler Linie der Königin gegenüberstand. Und selbst geradewegs auf seinen – Cesares – König zeigte. Einen König, der bestens bewacht war, vorne von Bauern umstellt und seitlich vom Turm, sodass ihm fast keine Bewegungsoptionen blieben.

»Ach komm…« Cesares Hand neben dem Schachbrett sank zurück auf seinen Oberschenkel. »Verflixt noch mal, nicht per Abzugsschach. Das ist eine Demütigung.«

»Sehe ich auch so. Jetzt hast du drei Möglichkeiten.«

»Die allesamt zum Matt in zwei Zügen führen, danke.« Cesare schob den König mit sanftem Druck aus seiner

Mitte, sodass er mit einem satten Klappern aufs Schachbrett fiel, Holz gegen Holz, ein starker Kontrast zur Feinheit seiner Geste. »Schon wahr, wenn man mit der Stoppuhr spielt, ändert das alles.«

»Das stimmt. Aber wenn man gegen einen besseren Spieler antritt, bleibt das auch nicht ganz wirkungslos. – Ah, gut«, sagte Massimo, als Aldo mit einem Tablett in der Hand an den Tisch trat. »Mir war, als hätte ich kürzlich eine Hilfskraft eingestellt, aber soweit ich mich entsinne, war das einer unter dreißig.«

»Vom Intelligenzquotienten her auf jeden Fall«, erwiderte Aldo und stellte zwei Espressi auf das Tischchen, einen pro Person. »Apropos, Massimo. Vielleicht solltest du mit deinem Großvater und den anderen noch einmal reden.«

Massimo schnupperte, während Aldo sprach, konzentriert an seiner Tasse.

»Er mag ja ein Trottel sein, aber Espresso machen, das kann er«, sagte Massimo zufrieden. »Was haben sie denn jetzt wieder angestellt?«

»Gar nichts, es war nur eben die Posttonne da. Und zwar mit einem Brief für Barbadori.«

»Ach nein, für Atlas das Lichtfass?«, fragte Cesare, auch er mit dem Tässchen unter der Nase. »Ist nicht so schlimm, wenn sie den Brief eingesteckt haben, das bleibt doch folgenlos. Der musste ihn ja sowieso nicht lesen, um Bescheid zu wissen. Weder damals noch heute.«

»Du machst Witze, Cesare, aber du kannst dir nicht vorstellen, was für Scherereien mir die Jungs in letzter Zeit eingebrockt haben«, antwortete Massimo, bevor er die Lippen an das Tässchen führte. Nach einem Probeschluck neigte er den Kopf zur rechten Seite. »Fein, fein. Sehr gut, Marchino. Und was soll in diesem Brief stehen?«

»Ja, was steht da. Da steht, dass Barbadori bei seinen Betrügereien nichts ausgelassen hat.« Aldo beugte sich vorsichtig vor und machte sich daran, die Tässchen zurück aufs Tablett zu stellen. »Der Brief ist vom Radfahrerverband. Im Wesentlichen geht es um eine vorbeugende Wettbewerbssperre. Anscheinend wurde Barbadori bei einer Dopingkontrolle positiv getestet. Nach einem Seniorenrennen in Garfagnana vor etwa einem Monat.«

»Ein positiver Dopingtest?«

»Jawohl.« Aldo kicherte. »Kortikosteroide. Oder einfach gesagt Cortison.«

»Bei einem Amateurrennen?«

»Ach, das will nicht viel heißen. Wenn man Ampelio glauben darf, geht es bei den Amateuren besonders wild zu. Auch bei der Umsetzung. So, meine Herren, und wie bewerten wir jetzt unsere Hilfskraft?«

»Von mir gibt's eine glatte Zwei«, sagte Cesare und deutete auf die Espressotasse. Als Aldo sich entfernt hatte, fügte er hinzu: »Für den Kaffee, versteht sich. So rein äußerlich gebe ich dem Typ vielleicht eine Vier. Ich kann immer noch nicht verstehen, was Tiziana an ihm findet.«

»Na ja, gefunden hat«, sagte Massimo bewusst vage. »Soweit ich weiß, hatte sie ein bisschen die Schnauze voll davon, einen im Haus zu haben, der genauso gut nicht da sein könnte.«

»Ja, bis auf Weiteres. Du kannst mir ruhig glauben.« Dr. Berton neigte sich etwa zehn Grad nach vorne. »Schau dir die beiden doch an. Zwischen denen funkt's, das sieht man doch, oder? Und Hausarbeit kann man lernen, nicht wahr!? Auch einer, der nie einen Besen in der Hand gehabt hat, rafft sich irgendwann auf, wenn er merkt, dass die Mamma nicht mehr da ist.« Cesare ließ sich entspannt zurücksinken. »Nimm zum Beispiel Emanuele. Als wir vor fünf Jahren zusammengezogen sind, hat er keinen Finger krumm gemacht. Das klassische verwöhnte Einzelkind. Und vorgestern hat er einen ganzen Haufen Regale aufgebaut. Wobei du bedenken musst, dass es in meiner Wohnung ein größeres Unternehmen ist, Löcher in die Wand zu bohren. Da ruft man fast besser das Technische Hilfswerk. Die Außenmauern sind aus Stein und einen Meter dick, drinnen überall Betonstahlmatten und so Zeug. Aber er hat nicht gemuckst, er ist losgezogen, um den passenden Bohrkopf zu kaufen, und als er wieder da war, hat er losgelegt, als müsste er den Eurotunnel bauen. Geht's dir gut, Massimo?«

Mehr als gut, hätte Massimo am liebsten gesagt.

Solche Momente waren einfach wunderbar.

Es war nicht, als ob ihm ein Licht aufginge, sondern eher, als entfaltete sich vor seinen Augen ein ganzes Lichtergeflecht, vergleichbar dem Schnappschuss von einem soeben gezündeten Feuerwerk, bei dem an jedem Knotenpunkt, mit jedem davonfliegenden Funken eine Episode, ein Satz, ein Detail erschien, und man brauchte nur dessen Flugbahn, dessen schimmernde Spur zurückzuverfolgen, um zu der Detonation zu kommen, die sie ausgelöst hatte, und so immer weiter zurück bis an den Ausgangspunkt, den Ursprung des Ganzen. Die geradlinige Bahn vom Kanonenrohr hoch in den Himmel, eine Verbindung all dieser Ereignisse von Anfang bis Ende, von den flüchtigsten Augenblicken bis hin zu den auffälligsten.

Von den banalsten Sätzen zu Barbadoris Tod. Genauer: zum Mord an Barbadori.

»Ich habe jetzt nämlich kapiert, wer das war.«

»Wer was war?«

Massimo schlug die Augen auf. Meine Güte, jetzt führe ich meine Selbstgespräche schon in Anwesenheit Dritter.

»Erkläre ich dir gleich«, sagte er und ging daran, die Figuren auf dem Schachbrett neu aufzustellen, die Hände zitternd vor Aufregung. »Ich schaffe hier kurz Ordnung, dann erkläre ich's dir. Oder halt, erst muss ich dich was fragen.«

»Dann hoffen wir mal, dass ich eine Antwort habe.«

»Ich glaube schon, wir haben uns darüber schon einmal unterhalten, vor ein paar Jahren. Aber sag mal, würde es dir was ausmachen, wenn wir dafür ins Billardzimmer gehen?«

»Nein.«

Nachdem der Arzt drei oder vier Mal genickt hatte, in völligem Widerspruch zum zuletzt geäußerten Wort, wiederholte er:

»Nein, das ist nicht unmöglich, was du da sagst. Im Gegenteil. Außerdem wäre da noch die Rückfälligkeit.«

»Rückfälligkeit? Meinst du den Umstand, dass Atlas schon einen Selbstmordversuch hinter sich hatte?«

»Genau.« Cesare, der an dem Billardtisch lehnte, trommelte mit den Fingern gegen das Holz. »Du musst wissen, es gibt eine Unmenge psychiatrischer Theorien zum Selbstmord. Da ist zum Beispiel die von DeBenedetto, die hauptsächlich evolutionär argumentiert, und die von Baumeister, die man konditional nennen könnte. Baumeister schreibt über die Bedingungen, die erfüllt sein müssen, damit ein

Mensch zu dem Entschluss gelangt, sich das Leben zu nehmen. Das sind zwei unterschiedliche Ansätze, und über ihre Gültigkeit besteht keine Übereinstimmung. In einem Punkt jedoch sind sich alle Psychologen einig.«

Cesare löste sich von dem Billardtisch, drehte sich zur Spielfläche um und nahm eine Kugel in die Hand. Erst hielt er sie zwischen Daumen und Zeigefinger und ließ sie behutsam über den Filz gleiten, dann schob er sie an. Die Kugel verpasste um Haaresbreite die aufgestellten Billardkegel, beschrieb eine nahezu vollkommene Rautenbahn, erst von einer Bande abprallend, dann von der zweiten und von der dritten, und rollte schließlich unaufhaltsam auf den Kegel in der Mitte zu, den sie umstieß, ohne in ihrer eigenen Bewegung im Mindesten beeinträchtigt zu werden. Cesare, der um den Tisch herumgegangen war, wartete, bis die Kugel brav in seine Hand zurückgekehrt war, um sich erneut Massimo zuzuwenden und weiterzusprechen.

»Der sicherste Indikator für einen Selbstmord ist ein vorangegangener Selbstmordversuch. Wer schon einmal versucht hat, sich zu töten, unterliegt einem weitaus höheren Risiko als ein Ersttäter. Das mag banal klingen, ist es aber nicht. Nur sehr wenige menschliche Verhaltensweisen folgen dieser Gesetzmäßigkeit.«

»Außerdem passt noch etwas zusammen«, sagte der Arzt und öffnete dabei die Hände, die er bis zu diesem Moment gefaltet gehabt hatte, als wollte er darum flehen, dass man ihm glaube. »Der Wunsch, sich das Leben zu nehmen, entspringt häufig einer heftigen Gemütsschwankung.«

Die Kommissarin wandte den Blick kurzzeitig von Dr. Berton ab. Sie sah Massimo an, der nickte.

»Wenn jemand ein schlechteres Leben führt als jenes, das er erwartet hatte, so kann das frustrierend wirken. Ein Leben, in dem ihm unversehens die wichtigste Daseinsdimension genommen wird, kann einen Menschen auf ein Balkongeländer treiben. Sie müssen wissen, die häufigsten Selbstmordopfer der westlichen Welt sind Gefängnisinsassen. Dabei ereignet sich der Großteil der Selbsttötungen in Gefängnissen während der ersten Woche nach der Verhaftung. Aber darüber wissen Sie sicherlich mehr als ich.«

»Nein. Und wenn Sie entschuldigen, werde ich auch gleich wieder versuchen, es zu vergessen. Mir scheint jedenfalls, dass Sie mir hier einiges an Sachkenntnis voraushaben.«

»Ich bin Arzt. Gewisse Dinge waren Teil meiner Ausbildung.«

Und ich bin homosexuell, gehöre also der Kategorie an, die in der besagten Rangliste den zweiten Platz belegt, unmittelbar hinter den Gefängnisinsassen. Aber das sprach der Arzt nicht aus. Massimo wusste es, und die Kommissarin schien es intuitiv zu erfassen.

»Ja. Ich habe verstanden. Und es leuchtet mir durchaus ein. Wir müssten es allerdings auch nachweisen können. Wir müssten belegen können, dass das, wovon Sie reden, nicht nur geschehen ist – dem Autopsiebericht nach bestehen da keinerlei Zweifel –, sondern dass es auch absichtlich erfolgte. Ich sehe nicht, wie uns das gelingen könnte.«

Es dauerte keine Sekunde. Schon bei der Silbe »ling« im vorletzten Wort hatte Massimo einen Finger gehoben und Alice den ernstesten Blick zugeworfen, zu dem er sich imstande sah.

»Na so was, ein Freiwilliger.« Alice lächelte, aber nur, weil

Dritte im Raum waren. »Ich frage dich gleich aus, ja? Welches Fach darf's denn sein?«

»Sicher nicht Medizin. Schließlich ist die Person, von der wir hier reden, kein Arzt.« Massimo hob die Augenbrauen. Er hätte liebend gerne nur eine hochgezogen, was er aber nicht konnte. »Dann also Mathematik. Ich dachte da an den Satz von den zwei Polizisten – beziehungsweise den zwei Carabinieri.«

»Pass auf, mein Guter, dass du nicht an die Falschen gerätst.« Die Kommissarin ließ ihr Lächeln erstarren. »Wir sind hier bei der Polizei. Und jeder weiß, dass Polizisten und Carabinieri sich nicht sonderlich gut verstehen. Jeder ermittelt auf seine Weise, da bringt man besser nichts durcheinander.«

»Ich weiß, ich weiß. Ihr ermittelt alle ganz eigenständig.« Massimo hielt die Handflächen begütigend Richtung Boden und drehte sie dann ungezwungen zur Decke. »Aber wenn du mich fragst, ist das hier der richtige Anlass, euch zu vertragen.«

Während er sprach, deutete Massimo kurz auf den Computerbildschirm neben Alice. Und ein paar Sekunden später sah er am Lächeln der Kommissarin, dass die Bedeutung dessen, was er gerade gesagt hatte, auch auf der anderen Seite des Schreibtischs angekommen war.

»Verzeihung«, ließ sich der Arzt vernehmen, »mir scheint, dass wir hier ein wenig den Faden verlieren. Was hat es mit diesem Satz von den zwei Polizisten oder Carabinieri auf sich?«

»Das ist ein Theorem aus der Analysis«, sagte die Kommissarin, den Blick weiter auf Massimo gerichtet und mit erkennbar geweiteten Pupillen. »Der mathematische

Ausdruck lautet Einschnürungs- oder Einschließungssatz. Wenn drei Funktionen gegeben sind, deren erste immer größer ist als die beiden anderen und deren dritte wiederum immer kleiner ist …«

»… und wenn sowohl die erste als auch die dritte Funktion durch einen Grenzwert *l* beschränkt wird, der für beide Funktionen derselbe ist, so muss auch die zweite Funktion zum selben Grenzwert konvergieren.«

»Verstehe«, log Dr. Berton, nachdem er einen Moment lang so getan hatte, als ob er darüber nachdenken würde. »Und wie soll uns das weiterhelfen?«

»Also, die erste und die dritte Funktion verhalten sich gewissermaßen wie Ordnungshüter. Sie treten zusammen auf, nehmen die zweite Funktion in ihre Mitte und begleiten sie in den Knast.« Die Kommissarin bekam jetzt auch über das Lächeln hinaus etwas Hintergründiges. »So wie wir es mit Signora Terje Luts Barbadori tun werden, wenn sich herausstellt, dass Massimos Annahme stimmt.«

Epilog

»›… Es wurden daher sämtliche elektronischen Geräte sichergestellt, die sich im Besitz des Opfers befunden hatten, darunter auch der PC, auf dem Marcello Barbadoris Frau ihre täglichen Sekretariatsaufgaben erledigte. Und just auf diesem Computer fand sich die entscheidende Spur zur Aufklärung des Falls: Anhand des Suchverlaufs ließ sich nachvollziehen, welche Internetrecherchen auf dem Rechner durchgeführt worden waren. Darunter fanden sich Suchbegriffe wie Sperre Cortison Selbstmord und Ähnliches mehr. Und diese Suchen waren nicht nur auf Italienisch durchgeführt worden, sondern auch auf Englisch und Russisch. Der schlagende Beweis dafür, dass die Person, die diese Eingaben vorgenommen hatte, tatsächlich Terje Luts gewesen sein musste, erfolgte aber durch Vergleich des Verlaufs bei Google mit der Timeline auf den sozialen Netzwerken, die von der Mörderin frequentiert wurden.‹«

Ins allgemeine Schweigen hinein hob Rimediotti den Kopf von der Zeitung.

»Hoppla, er hat sie Mörderin genannt. Das ist doch ein bisschen gewagt, bevor ein rechtskräftiges Urteil vorliegt.«

»Dann ist er wohl wegen Verleumdung dran«, antwortete Del Tacca mit zynischem Lächeln. »Hauptsache, er beschwert sich hinterher nicht bei uns.«

»›Besagter Vergleich förderte die Wahrheit unbarmherzig ans Licht. Die Sucheingaben waren genau zu den Zeiten erfolgt, in denen derselbe Computer auf Facebook eingeloggt war, mit dem persönlichen Account von Terje Luts. Und sie fielen genau in die Zeitintervalle, in denen der betreffende User nicht auf Facebook chattete oder postete. In zwei Fällen, erklärt auf Nachfrage die stellvertretende Polizeipräsidentin Alice Martelli, unter deren Leitung die Ermittlungen stehen, liegen zwischen dem Absenden einer Chat-Nachricht, einer Sucheingabe und dem Absenden der folgenden Nachricht weniger als zehn Sekunden. Es ist praktisch nicht möglich, dass sich in diesen zehn Sekunden ein anderer Nutzer an den Computer gesetzt hat.‹ Ach, kamt ihr deswegen auf den Satz von den zwei Polizisten?«

»Genau. Entschuldige, lass mich das machen«, sagte Massimo und nahm Marchino den Siebträger aus der Hand. Dein Espresso mag eine glatte Zwei verdienen, aber den Cappuccino hier brauche ich auf dem Niveau einer Eins plus. »Terje Luts hat keine medizinische Vorbildung. Von irgendwoher musste sie gewisse Informationen ja haben.«

»Mamma mia«, sagte Pilade mit einem Blick in die Runde. »In was für einer Welt leben wir eigentlich! Bei all den Computern, Tablets und Handys kann man ja nichts mehr machen, ohne eine Spur zu hinterlassen.«

»Echt wahr«, bemerkte Ampelio. »Wir haben's so eilig, dass wir schlimmer sind als die Schnecken. Na ja, dass da was faul ist, war schon klar. Barbadori war ein Bergspezialist. Dass so einer Cortison nimmt, hat mir nie richtig eingeleuchtet. Das Zeug ist was für Sprinter, die müssen bis zur Ziellinie in Topform bleiben, mit genug Puste und ohne Schmerzen. Einer, der die Steigungen hochfetzt, ist zum Leiden geboren.«

Massimo nickte mit Nachdruck, während er den Siebträger in die Espressomaschine drückte.

»Siehst du, jeder zieht seine Schlüsse aus dem, worin er sich auskennt. Dir ist das in den Sinn gekommen. Mir ist etwas eingefallen, was Cesare gesagt hatte, als wir uns über den Mordfall Carpanesi unterhielten. Du brauchst nicht gleich auf Holz zu klopfen, Marchino, wenn du hier arbeiten willst, gewöhnst du dich besser dran.«

»Ja, tut mir leid. Aber man bekommt doch fast das Gefühl…«

»Dass wir Unglück bringen? Na, und ob. Wo war ich? Ja, Cesare hatte gesagt, eine der Auswirkungen von Cortison – und fast schon mehr als eine Nebenwirkung – bestehe in einer deutlichen Stimmungsaufhellung. Man fühlt sich stark, sicher, fast unbesiegbar.« Um den Gedanken zu unterstreichen, betätigte Massimo die Taste an der Espressomaschine mit dem kleinen Finger, auch auf die Gefahr hin, sich ein Glied auszurenken. »Als Aldo reinkam, um mir das mit dem Cortison zu erzählen, hatte ich Cesare gerade durch ein Abzugsschach überrumpelt. Und da kam mir plötzlich der Gedanke: Was passiert eigentlich, wenn einer, der Cortison nimmt, auf einmal suspendiert wird?«

Er wandte sich dem Aluminiumkännchen zu, goss eine ordentliche Menge Milch hinein und stellte es unter die Tülle. Die weiße Flüssigkeit im Kännchen fing an zu gluckern und zu schäumen, während Massimo kein Wort sagte. Erst nachdem er den Dampf abgedreht hatte, sprach er weiter.

»Ab hier hat mir Cesare geholfen. Wenn sich die Cortisongabe über einen längeren Zeitraum erstreckt, erleidet der Betreffende erhebliche Schäden an den Nebennierendrüsen. Bei einer routinemäßigen Autopsie bleibt so etwas leicht unbemerkt. Vor allem aber kommt es zu einem gewaltigen Stimmungseinbruch.« Massimo beförderte den Schaum mithilfe eines kleinen Spatels aus dem Kännchen in die Tasse. »Wenn also zum Abbruch der Behandlung Neuigkeiten hinzukommen, die das Leben des Betreffenden durcheinanderbringen, etwa die Feststellung, dass er gerade von seiner Frau angezeigt wurde, die ihm nebenbei noch mitteilt, dass sie sich scheiden lassen will – wenn er also merkt, dass sein Berufsleben und seine Erfolge definitiv vorüber sind und ihm höchstwahrscheinlich eine Haftstrafe wegen Betrugs bevorsteht, und wenn das alles völlig unerwartet geschieht …« Massimo ließ die Aluminiumkanne fallen, sodass sie mit einem metallischen Scheppern im Spülbecken landete und Rimediotti, den Kopf noch immer in der Zeitung vergraben, aus seinem Stuhl hochschreckte. »… so kommt es zu der heftigen Gemütsschwankung, von der Cesare sprach. Das Leben des Betreffenden, seine Zukunftsperspektiven stürzen in sich zusammen. Er würde am liebsten mit dem Kopf gegen die Wand rennen. Oder noch Schlimmeres.«

Kakao, nur eine kleine Prise. Löffelchen. Rohrzucker, zwei Tütchen. Eins, und zwei. Bitte sehr.

»Oh, danke«, sagte Alice, während sie zusah, wie der Cappuccino aller Cappuccini vor ihr erschien. »Und tatsächlich ist genau das: das Schlimmste, passiert. Wie Cesare erklärt hat, besteht bei Menschen, die bereits einen Selbstmordversuch hinter sich haben, eine relativ hohe Rückfallgefahr. Und wenn sich erneut die Voraussetzungen dafür einstellen, verläuft der Versuch möglicherweise erfolgreich. Wenn nun jemand nicht nur die Bedingungen dafür schafft, sondern auch noch an dem Tag, an dem der Betreffende herausfindet, dass sein Leben zerstört ist, ein Medikament absetzt, das gar nicht bewusst eingenommen wurde, und wenn dies einen brutalen Stimmungseinbruch zur Folge hat, dann lässt sich das wohl als eine ziemlich unredliche Wette bezeichnen.«

»Ja, aber es bleibt doch noch immer eine Wette«, schaltete sich Pilade mühelos ein, da er dabei physisch im Ruhezustand verweilen konnte. »Sie hatte keinerlei Gewissheit, dass die Sache funktionieren würde. Sie konnte nicht wissen, dass wirklich alles so verläuft.«

»Das geht uns doch allen so. Das Leben an sich gleicht einer Wette. Man geht zwar davon aus, dass ein bestimmtes Ereignis eintreten wird, stützt sich dabei jedoch stets auf unvollständige Informationen. Und auch der zeitliche Ablauf spielt eine wesentliche Rolle.«

»Ich bin nicht sicher, ob ich das richtig verstanden habe«, sagte Gino.

»Alles andere hätte mich auch gewundert, ich habe mich ja absichtlich so geschraubt ausgedrückt. Was haltet ihr selbst von einer kleinen Wette?«

Ohne die Antwort abzuwarten, nahm Massimo den Bestellblock vom Tresen und kritzelte mit dem Rücken zu den anderen etwas darauf. Dann faltete er das Blatt einmal und legte es zurück auf den Tresen.

»Ich nenne euch jetzt eine Abfolge von vier Zahlen. Diese Folge richtet sich nach einer Regel, die ich vorab notiert habe. Sie lässt sich, wenn man möchte, ins Unendliche fortsetzen. Sobald ich euch die vier Zahlen genannt habe, darf einer von euch mir eine fünfte Zahl nennen und mich fragen, ob sie der Regel folgt, die auf dem Blatt steht.

Anschließend versucht er, die Regel abzuleiten. Einverstanden?«

Na, wenn wir schon mal da sind…

»Also: zwei, vier, sechs, acht. Wer von euch möchte versuchen, mir die fünfte Zahl zu sagen?«

»Zehn?«, wagte sich Aldo vor.

Massimo warf einen feierlichen Blick auf das Blatt, unter den amüsierten Augen Alices.

»Ja, das kommt hin«, erklärte er. »Will jemand von euch versuchen, die Regel zu beschreiben?«

»Na, dazu braucht es wohl kaum ein Genie«, sagte Ampelio. »Gerade Zahlen, von zwei aufwärts.«

»Völlig verkehrt.«

Damit reichte Massimo das Blatt mit würdevoller Geste an Aldo weiter. Der setzte seine Halbrandbrille auf und las ohne Umschweife vor:

»›Regel: Ausgehend von einer Basiszahl sei jede weitere Zahl größer als die vorangehende.‹ Aber…«

»Aber?«

»Aber die Regel wäre doch durch eine ganze Menge Zahlenreihen erfüllt«, sagte Aldo und wies mit dem Finger auf den Zettel. »Die ist doch gar nicht eindeutig.«

»Hat ja auch keiner behauptet. Ich habe das absichtlich so gemacht, um euch zum Nachdenken über diese Uneindeutigkeit anzuregen.« Massimo nahm das Blatt wieder an sich, aus Furcht, der Kommissarin könnte seine Viertklässlerhandschrift ins Auge fallen. »Wie im wirklichen Leben gibt es eine Unzahl möglicher Ausgänge. Und wie im wirklichen Leben neigt man dazu, sich ausschließlich auf die Vergangenheit zu stützen, um Schlüsse zu ziehen, was zukünftig geschehen wird. Das machen wir alle.« Massimo riss das Blatt in kleine Stückchen, ganz ungerührt, als wäre das alles nicht wichtig. »Terje Luts hatte das offenbar begriffen. Eine begabte Psychologin.«

Ein langer Augenblick des Schweigens folgte. Alice hatte sich in ihren Cappuccino vertieft. Rimediotti fiel nichts anderes ein, um das Schweigen zu überbrücken, als mit der Lektüre des Artikels fortzufahren.

»›Die Hypothese der Ermittlungsbehörden läuft darauf hinaus, dass Terje Luts mit der zynischen Präzision eines Metronoms eine Reihe von Ereignissen herbeigeführt hat, die für ihren Mann einen wahren Schock bedeuten mussten. Angefangen mit der Anzeige durch die Ehefrau und der daraus folgenden Zerstörung seines Rufs, ganz zu schweigen von den unvermeidlichen Ermittlungen und mutmaßlichen Niederlagen vor Gericht. Ein Weg, den er ohne die Unterstützung seiner Frau würde zurücklegen müssen, die ihm ja zeitgleich zur Anzeige ihre Absicht mitteilte, die Scheidung einzureichen. Das alles jedoch hätte nicht notwendigerweise zu dem tragischen Ende geführt, das letztlich eingetreten ist, hätte nicht Terje Luts diese Reihe von Mitteilungen und ihre unausweichlichen Implikationen für die Zukunft ihres Mannes mit der abrupten Absetzung des Medikaments auf Grundlage von Corticosteroiden verbunden, das sie selbst ihm seit einiger Zeit verabreichte.‹ Also, das kommt für mich nicht ganz hin. Sie hat doch gerade erst herausgefunden, dass ihr Mann ein Betrüger ist und untreu noch dazu. Wieso soll sie ihm dann schon seit Monaten Cortison gegeben haben?«

Massimo, der inzwischen mit derselben Sorgfalt einen Espresso zubereitete, die er Alices Cappuccino gewidmet hatte, lächelte. Das war der Moment gewesen, in dem er sich besonders schlau vorgekommen war. Wie Sherlock Holmes, Poirot und Micky Maus zusammen.

»Ja, da hat Signora Terje versucht, uns aufs Kreuz zu legen. Als sie mir erzählt hat, dass sie ihrem Mann vor ein paar Tagen auf die Schliche gekommen wäre.« Pause und Schlückchen. »Tatsächlich hatte sie schon um einiges früher herausgefunden, dass der Mann ihr die Hörner aufsetzte. Und dass er ein Betrüger war, einer, der die Leute ausspionierte und dann so tat, als wäre er ein Hellseher, das hat sie meines Erachtens schon immer gewusst. Früher oder später werden wir das klären.«

Abschlussschlückchen, das bei der Kommissarin einen ganz reizenden Schaumschnurrbart hinterließ, den sich Alice, anstatt ihn mit einer Serviette abzuwischen, im Stil eines zufriedenen Labradors von den Lippen leckte.

»Sie musste uns natürlich in dem Glauben wiegen, dass sie beides erst kürzlich herausgefunden hat – das mit der Geliebten und die Sache mit dem Abhören. Und da hat sie sich eben das Ammenmärchen vom Parkplatz und dem Verbindungsaufbau des Handys zum Auto ausgedacht.«

»Aha«, sagte Ampelio und nickte befriedigt. »Das kam mir doch ziemlich unmöglich vor.«

»Und da liegst du daneben«, entgegnete Massimo und setzte die Espressomaschine in Gang. »Tatsächlich gibt es so etwas durchaus. Wenn ich mit meinen Freunden irgendwo außerhalb zum Essen fahre, alle hintereinander, damit wir uns nicht verlieren, verbindet sich manchmal der Bluetooth-Anschluss meines Autos mit dem Handy dessen, der vor mir fährt. Aber diesmal war das Ganze nicht plausibel. Das einzige Haus in der Nähe des Zeitungskiosks, wo Atlas' Handy nach Terje Luts' Aussage die Verbindung aufgebaut hat und in dem tatsächlich Atlas' Geliebte wohnt, gehört zu demselben Gebäudekomplex, in dem Cesare lebt. Ich bin häufiger mal dort und kenne das Haus gut.«

Massimo warf Ampelio einen scharfen Blick zu, um die üblichen Witzeleien zu unterbinden, nach dem Motto: Wer mit Hunden zu Bett geht, macht's bald *doggy style*, und fuhr fort.

»Aber da ich weder über ein Handy verfüge noch mir zur Aufgabe gemacht habe, in der Halbzeitpause von Champions-League-Spielen Löcher in die Wand zu bohren, war mir nie aufgefallen, wie dick die Mauern in diesem Haus sind. Sie sind so dick und das Gebäude ist so solide gebaut, dass man dort drinnen den Eindruck haben könnte, es gebe überhaupt keine Handys. Außenmauern aus Stein, Zwischendecken mit Betonstahlmatten. Man sitzt quasi in einem Faradayschen Käfig. Ohne das geringste Signal, weder ein- noch ausgehend.«

Massimo nahm einen ersten kleinen Probeschluck und stürzte den Espresso dann in einem Zug hinunter.

»Als sich das herausstellte, war die Sache eigentlich klar. Terje Luts hatte uns ein Märchen aufgetischt. Und da hat sich in meinem Kopf alles verbunden, und ich wusste, dass die Sache auch so gelaufen sein könnte.«

»Mhm«, bemerkte Aldo. »Du warst also auch nicht so recht überzeugt, dass es sich um einen einfachen Selbstmord handelt.«

Massimo sah zu Alice hinüber, als wollte er sie um Erlaubnis bitten.

»Und ich ebenso wenig«, bestätigte die Kommissarin, nachdem sie einen Finger durch die Tasse gezogen hatte, um den restlichen Schaum herauszufischen. »Sehen Sie, als ich neulich so wütend wurde, war das wegen einer überflüssigen SMS, aber nicht wegen der Ihren. Es ging vielmehr um die Nachricht, die Benedetti von Atlas' Nummer aus bekommen hatte. Diese Nachricht hat er nämlich tatsächlich erhalten.«

Alice legte den Löffel neben die Tasse, knüllte die Zuckertütchen zusammen und beförderte sie wie ein Basketballer in Massimos persönlichen Mülleimer auf der anderen Seite des Tresens.

»In dem Punkt kann man Terje Luts' Vorgehen brillant nennen.« Sie stieg von ihrem Hocker. »Von der Nummer ihres Mannes aus eine Nachricht an jemanden zu verschicken, der tatsächlich ein Interesse daran gehabt haben könnte, ihn umzubringen, und dafür zu sorgen, dass der Betreffende ungefähr zum Todeszeitpunkt des Mannes an seinem Haus gesehen wird, oder noch besser – dafür zu sorgen, dass der Betreffende Spuren am Tatort hinterlässt, etwa seine Fingerabdrücke. Dadurch konnte die Sache so aussehen wie ein Mord, der als Selbstmord kaschiert werden sollte, oder aber wie ein zufällig entdeckter Selbstmord. Und die Leute würden sich für die eine oder andere dieser zwei Möglichkeiten entscheiden, ohne in Betracht zu ziehen, dass es auch noch eine dritte geben könnte. Um mit Aristoteles zu sprechen: tertium non datur.«

»Aristoteles hat das auf Griechisch gesagt.«

»Kann schon sein. Aber einen derart verworrenen Fall musste Aristoteles noch nicht einmal bei Margaret Doody aufklären. Die Hauptsache war jedenfalls, dass das Ganze auf die eine wie auf die andere Weise Sinn ergab. Für einen Zeitungsleser, versteht sich, nicht für einen, der nachbohrt.«

»Wieso?«

Die Kommissarin musterte Ampelio mit aufrichtigem Blick. »Unser Gehirn, Ampelio, ist nicht dazu gemacht, die Welt wissenschaftlich zu erforschen. Unser Hirn ist dazu angelegt zu integrieren. Wir schaffen uns eine Repräsentation der Wirklichkeit, die um jeden Preis kohärent sein muss. Alles muss so aufgehen, wie wir es erwarten, und da klammern wir ganz selbstverständlich aus, was nicht ins Bild passen will.«

Alice griff nach dem Löffel und richtete den Stiel auf ihr linkes Auge, als handelte es sich um ein kleines Florett.

»Um ein Beispiel zu geben: Das menschliche Auge hat einen blinden Fleck auf der Netzhaut. Einen Punkt, an dem wir nichts sehen. Bloß merkt man das nicht, es sei denn durch eigens darauf ausgelegte Experimente. Wir sehen mit unseren Augen ein durchgehendes, lückenloses Bild, weil unser Gehirn es so rekonstruiert, spiegelglatt. Und unser Gehirn tut dies, weil sich das im Alltagsleben als ausgesprochen nützlich erweist und direktere Entscheidungen zulässt, als wenn man mitten in seinem Gesichtsfeld ein schwarzes Kügelchen hätte.«

Alice legte den Löffel zurück auf die Untertasse, neben das Tässchen.

»Wer von Berufs wegen ermittelt, weiß das und neigt deshalb zu einem gewissen Misstrauen. Bei Massimos Spielchen von vorhin wäre es darum gegangen, eine andere Zahl auszuprobieren als die Zehn. Denn eine Bestätigung dessen, was Sie bereits alle vermuteten, konnte keine neue Erkenntnis bringen. Um das Ganze zu überprüfen, hätte sich eine andere Zahl empfohlen, als Versuch, Ihre Theorie zu falsifizieren. Hätte Massimo negativ geantwortet, so hätte

Ihre Hypothese an Sicherheit gewonnen, da eine weiter gefasste Hypothese ausgeschlossen worden wäre. Hätte er hingegen positiv geantwortet«, Alice lächelte, »so wäre klar gewesen, dass die Hypothese nichts wert ist. So weit die logischste Herangehensweise. Und doch hat keiner von Ihnen es auf diese Weise versucht.«

Alice erhob sich abermals von ihrem Hocker, weil in ihrer Handtasche etwas begonnen hatte zu vibrieren, dessen Schwingungen sich auf den Tresen und die Tasse samt Untertasse übertrugen. Sie fing an, in der Handtasche zu kramen. Und während Marchino, der mittlerweile wusste, dass schon das kleinste ungerechtfertigte Geräusch seinen Chef aus der Fassung zu bringen vermochte, die Tasse daran hinderte, vom Tresen abzuheben, schloss die Kommissarin mit den Worten:

»Sie waren von Anfang an überzeugt, recht zu haben, und Sie waren der Überzeugung, dass Ihr Wissen ausreicht. Daran ist nichts Falsches, Sie haben sich damit schlicht menschlich verhalten. Die Evolution hat uns so gemacht. Aber wer im Beruf Nachforschungen anzustellen hat, sei es über Partikeln oder Kriminelle, der weiß, dass wir so gestrickt sind. Und tut alles, um nicht darauf hereinzufallen. Einen Moment.« Die Kommissarin warf einen Blick auf das begeistert vibrierende Handy und zeigte dann auf das Display, auf dem mit einem Blinken »Polizeipräsident Tommasi« angezeigt wurde. »Pardon, da sollte ich besser rangehen. Ich habe so eine Ahnung, dass es um Glückwünsche geht.«

Während sie sich das Gerät ans Ohr hielt, nahm sie den Ohrclip ab und ging durch die Glastür nach draußen.

Die Alten wechselten Blicke ohne blinde Flecken, wenn

auch mit ziemlich verhärteten Linsen. Dann sagte Gino, denn irgendetwas musste ja gesagt werden, und mit dem Artikel waren sie durch:

»Das mit der SMS habe ich nicht verstanden.«

»So schwierig ist es nicht«, antwortete Massimo unbarmherzig. »Terje hat einfach abgewartet, dass ihr Mann sich erschießt. Dann hat sie von dort, wo sie sich befand, die SMS an Benedetti geschickt, über einen dieser Internetdienste, mit denen man Kurznachrichten von der eigenen Nummer aus per Computer versenden kann. Und während Benedetti in Atlas' Praxis ging, um eine hübsche Sammlung Fingerabdrücke zu hinterlassen, hat sie den ersten Zug von Cinque Terre nach Pisa genommen und ist seelenruhig nach Hause zurückgekehrt.«

»Ja, aber woher wusste sie, dass ...«

»Dass Atlas sich erschossen hat?« Pilade sah Rimediotti an, als merkte er erst in diesem Moment, dass einer seiner Freunde ein Trottel wäre. »Da wird sie auch das Telefon benützt haben, so wie er, oder?«

»Ganz recht«, bestätigte Massimo. »Auch die gute Terje Luts hatte auf ihrem Handy eine App, die das Telefon zur Abhöreinrichtung macht. Wann sie die installiert hat, weiß ich nicht.« Massimo breitete die Arme aus. »Aber wenn man der Sache weiter nachgeht, dann wird man, denke ich, finden, dass die App dazu benutzt wurde, das Mikrofon auf dem Handy von Atlas dem Leuchtenden zu manipulieren. Und zwar just zu der Zeit, als für ihn die Welt zusammengebrochen war. Nicht wahr?«

»Bestimmt«, erwiderte Aldo. »Massimo, ich möchte mich ja nicht in deine Angelegenheiten mischen, aber ich glaube, da will jemand was von dir.«

Massimo drehte den Kopf in Richtung Eingang. Hinter der Glastür, das Handy ans Ohr geklemmt, deutete Alice auf ihr Handgelenk und zeigte ihm dann die offene Hand, erst alle fünf Finger, dann drei. Anschließend drehte sie das Handgelenk in der Luft, die unverkennbare Geste, mit der man Spaghetti auf die Gabel rollt, und bat Massimo um Bestätigung, indem sie Daumen und Zeigefinger zu einem Kreis zusammenführte. Massimo antwortete von drinnen mit derselben Geste und machte sich daran, gespielt gleichgültig den Knoten seiner Schürze zu lösen.

»So, ich gehe mal kurz heim, duschen und mich umziehen, ich sehe ja aus wie Ötzi.« Er trat hinter dem Tresen hervor und legte den Schlüsselbund auf die kleine Roulettescheibe an der Kasse. »Marchino, Tiziana, bis morgen früh gehört die Bar ganz euch. In ein paar Stunden fangt ihr an, den Aperitif vorzubereiten. Ansonsten ist nicht allzu viel zu tun. Fragen?«

»Ja, eine«, sagte Tiziana mit einem Lächeln. »Wo geht ihr essen?«

Da haben wir's mal wieder. Einfach nichts zu machen, ich lebe hier in einer Vitrine.

»Pff, weiß ich noch nicht.« Massimo sah sich um. »Ich weiß übrigens auch so einiges andere noch nicht. Nur damit ihr das in Erinnerung behaltet.«

Die vier wechselten Blicke, mit einem knappen Lächeln. Knapp, aber ehrlich. Dann erhob sich Aldo nicht ohne eine gewisse Mühe und begann, auf und ab zu gehen, wie immer, wenn er etwas sagen zu müssen glaubte, was verstanden und nicht nur gehört werden sollte.

»Na schön, Massimo, dann nimm den Rat eines Menschen an, der sich auskennt.«

»Mit Frauen oder mit Restaurants?«

»Mit beidem. Sag du, wo ich anfangen soll.«

Massimo lächelte ein wenig gezwungen.

»Lieber beim Restaurant.«

»Ruf am besten beim Imbuto in Lucca an. Der Inhaber ist ein junger Bursche, aber er kann was. Außerdem seid ihr dort gleich an der Stadtmauer, da könnt ihr nach dem Essen schön spazieren gehen. Ein Spaziergang auf der Stadtmauer von Lucca ist nach dem Essen das Beste überhaupt.«

»War das jetzt schon der Rat in Sachen Frauen?«

Aldo hielt inne und sah Massimo in die Augen.

»Hör zu, Massimo. Du hast uns ja eben vorgeführt, dass wir von der Vergangenheit ausgehen, um uns die Zukunft vorzustellen. Und manchmal täuscht man sich da gewaltig. Als wir uns vorhin die Regel überlegten, lagen wir völlig daneben. Mach du nicht denselben Fehler, ja?«

Bestimmte Fragen bedürfen keiner ausdrücklichen Antwort.

Massimo legte die Hand auf die Klinke und verließ mit einem schon deutlich entspannteren Lächeln die Bar.

Die Alten sahen ihm einen Moment lang nach, während er sich entfernte, den Rücken vielleicht ein wenig gerader, als es zuvor den Anschein hatte. Dann wandte sich Aldo Tiziana und Marchino zu, die ihrerseits etwas versonnen dastanden, und sagte mit förmlicher Strenge:

»Das gilt auch für euch zwei Hübschen. Passt auf, dass ihr euch nicht wiederholt, nicht dass ich mich noch aufregen muss, ja? Ich sehe doch schon, worauf die Sache hinausläuft.«

Tiziana machte sich daran, die Proseccoflaschen aus dem

Kühlschrank zu holen, und wurde dabei vielleicht ein wenig rot. Marchino hatte schon wieder eine große Klappe.

»Na, wenn Sie das schon wissen, dann sagen Sie mir doch auch gleich, ob ich hier noch meinen Fünfzigsten erlebe. Bevor man sich umgeschaut hat, bringt ihr uns hier noch alle ins Grab.«

»Immer mit der Ruhe, Junge«, antwortete Ampelio, noch immer seinem Enkelsohn hinterhersehend. »Wenn auf den ganzen Donner auch Regen folgt, erleben wir hier erst mal ein paar Taufen.«

Vecchiano, 22. Juli 2014

Zum Schluss

Wie üblich hätte ich dieses Buch niemals alleine schreiben können. Wie immer fühle ich mich daher verpflichtet, mich bei all jenen zu bedanken, die mir geholfen haben. Sie bilden den Eisberg an Wissen, dessen sichtbare Spitze ich bestenfalls darstelle.

Ich danke also Marco Saettoni, mir aus der Perspektive des Arztes und Psychiaters erklärt zu haben, welche Auslöser und Motive einen Menschen dazu veranlassen können, sich das Leben zu nehmen. Ohne ihn hätte dieser Roman noch nicht einmal angefangen.

Ich danke Francesco Carlesi für seine Hilfe dabei, mir einen Weg durch die verwirrend komplexe Gesetzeslage zum Straftatbestand der Verleumdung zu bahnen, sowie für die übermenschliche Geduld gegenüber meinen ständigen Besuchen in seiner Kanzlei zu Zeiten, in denen er womöglich zu arbeiten versuchte.

Ich danke Massimo Totaro und Mimmo Tripoli, Ingenieure, denen es nicht ganz an Kultur und Neugier fehlt, dass sie mir einen peinlichen Fehler erspart haben. Um meinen Dank etwas konkreter zu gestalten, habe ich es in diesem Buch sorgfältig vermieden, mich über den Berufsstand der Ingenieure lustig zu machen. Die intelligenten unter meinen Lesern brauchen sich keine Sorgen zu machen: Beim nächsten Buch fange ich wieder damit an.

Nachdem der Dank an meine technischen Berater abgeleistet ist, möchte ich noch die Gelegenheit nutzen, etwas zu unterstreichen: Was in diesem Roman zu den Möglichkeiten digitaler Spionage zu lesen ist, mag unglaublich erscheinen, und doch ist das, was ich dazu schreibe, real und nachprüfbar. Ich gehe davon aus, dass selbst die größten Skeptiker sich davon überzeugen werden, wenn sie sich im Netz ein wenig umsehen.

Weiterhin danke ich all denen, die sich die Mühe machen, einen Malvaldi während des Schreibprozesses zu lesen, mit all seinen Wiederholungen, Unschönheiten und wackeligen Konzepten, und die mir dabei helfen, das alles in Ordnung zu bringen. Es handelt sich um ein bestens bewährtes Team: Virgilio, Serena, Mimmo, Letizia, Piergiorgio, Liana (besser bekannt als die Frau Schwiegermama), meine Mutter, meinen Vater und sämtliche virtuellen Mitbürger von Olmo Marmorito, denen ich nur eines sage: Und jetzt auf nach Europa. Wer das verstehen soll, wird es verstehen.

Abschließend danke ich Samantha sowohl für ihre Hilfe bei der Auflösung der Geschichte (die diesmal nicht ganz die ihre ist, sagen wir fünfzig-fünfzig), als auch dafür, zwei Wochen Urlaub ertragen zu haben, in denen ihr Mann den Computer dabeihatte. Vor allem aber dafür, dass sie gelesen, wieder gelesen, korrigiert, kommentiert und gefiltert hat, und das mit ihrer gewohnten ehrfurchtgebietenden Einsicht und Kompetenz. Ihre Schuld ist es, wenn Marco Malvaldi immer mehr zu einem Pseudonym wird.

Inhaltsverzeichnis

Prolog

Wenn man sich kaum mehr auf den Beinen halten kann und sich noch eine Zigarette anzündet, damit weitere fünf Minuten vergehen, obwohl einem die Kehle schon brennt und der Mund vom vielen Rauchen so pelzig ist, dass es sich anfühlt, als hätte man einen Reifen verschluckt, dann stecken sich die anderen auch noch eine an, und man bleibt noch ein bisschen – kurz und gut, wenn es so läuft, ist es wirklich höchste Zeit, ins Bett zu gehen.

Es war frühmorgens, zehn nach vier, mitten im August, und drei junge Männer standen neben einem grünen Micra. Sie hatten alle deutlich mehr als nötig getrunken, der Besitzer des Micra noch mehr als die beiden anderen, von denen einer gerade versuchte, ihn davon zu überzeugen, sich besser nicht mehr hinters Steuer zu setzen.

»Ich bring dich nach Hause, komm schon«, sagte der Kleinste, dessen Schädel bis auf ein Haarbüschel auf dem höchsten Punkt des Scheitels kahl rasiert war, was ihm das Aussehen einer Palme verlieh. »Lass den Wagen hier, ich fahr dich.«

Der Angesprochene sträubte sich. Er war gerade aus der Disco gekommen, und abgesehen von einem Alkoholspiegel, der einem russischen Arbeitslosen alle Ehre gemacht hätte, war er noch dermaßen mit halluzinogenen Stoffen zugedröhnt, dass es ihm schwerfiel, klar zu denken. Was ihn nicht daran hinderte, seine Argumente vorzubringen: »Hör mal, wenn mein Alter sieht, dass ich die Karre hab stehen lassen und mit dir gefahren bin, sagt er, ich wär stockbesoffen heimgekommen, und macht mich aber so was von zur Sau. Mein Alter ist schließlich nich auf'n Kopf gefallen.«

»Aber wenn er sieht, dass du in diesem Zustand nach Hause kommst«, beharrte Palmschädel, »macht er *dich* zur Sau, weil du gefahren bist, und *mich*, weil ich dich erstens nicht begleitet hab. Und zweitens ...«

»Nein, nein, ich fahr allein nach Hause. Kein Problem, ich komm schon an.«

»Warum sagst'n du nichts?«, fragte Palmschädel besorgt den Dritten im Bunde, der am Abend zuvor beim Friseur gewesen war und verlangt hatte, ihm das Haar maisgelb mit einem kecken Muster aus violetten Flecken zu färben – mit einer gewissen Bestimmtheit vermutlich, denn seinem Ansinnen war stattgegeben worden, und er hatte den Salon mit einem aparten Punk-Leopardenmuster verlassen. Zwei lebhafte Kuhaugen und der halb offen stehende Mund komplettierten seine Erscheinung.

»Wenn er meint, er kann noch fahren – is' doch seine Sache ...«, war sein einziger Kommentar.

»Mann, du Depp! Der ist doch so hacke, dass er spätestens nach zehn Metern einen Baum umarmt!«

»Hör zu, ich mach mich auf die Socken. Wenn ich

nich klarkomm, klingel ich auf dem Handy durch, dann kannst du mich immer noch abholen.«

Palmschädel sah den anderen mit einer Miene an, als wollte er sagen: »Also wenn das nicht mal ein Dickschädel ist«, und erhielt zur Antwort einen Blick, der noch ausdrucksloser war und ungefähr bedeutete: »Ist mir scheißegal, in zwei Minuten lieg ich in der Kiste.«

»Dann fahr halt, wir bleiben noch zehn Minuten hier und warten. Wenn …«

»Keine Sorge, wenn ich's nich schaff, ruf ich an.«

Der Junge hatte im Rahmen seiner Möglichkeiten versucht, klar und deutlich zu sprechen, um den Eindruck zu erwecken, es ginge ihm schon etwas besser, doch in Wirklichkeit war ihm so schwindlig, dass er bei jeder noch so kleinen Kopfbewegung das Gefühl hatte, die Umgebung folge mit einer gewissen Verzögerung.

Er atmete tief ein, tastete nach dem Schlüssel in der Hosentasche und nahm es als gutes Zeichen, dass er ihn auf Anhieb fand. Einen Augenblick lang sah er ihn an, quittierte das Fundstück mit einem zufriedenen, wenngleich unsicheren Nicken und ließ sich auf den Fahrersitz plumpsen.

Er zog die Fahrertür zu, drehte den Zündschlüssel um und fuhr alles in allem ohne große Schwierigkeiten davon.

Doch nach etwa einem Kilometer musste er anhalten und bog auf den Parkplatz des Pinienwäldchens ab. Beim Fahren hatte er das Gefühl gehabt, als sei das Auto aus Gummi und ziehe bedenklich immer in dieselbe Richtung – nie in die andere: Es war wie in einer

Waschmaschine zu stecken, während das Bullauge um einen herumwirbelt – *wusch, wusch, wusch*.

Er öffnete die Fahrertür, nicht ganz ohne Schwierigkeiten diesmal, und stieg mit Mühe aus.

»Ein bisschen frische Luft tut mir bestimmt gut«, sagte er.

Obwohl er allein war, bemühte er sich weiterhin, deutlich zu sprechen, um sich selbst davon zu überzeugen, dass es ihm gut ging, einigermaßen jedenfalls. Und auch um wach zu bleiben, was nicht ganz einfach war.

»Jetzt muss ich auch noch pissen. Was soll denn das? Ausgerechnet jetzt. Na ja. Muss wohl sein.«

Während er dieses Selbstgespräch führte, ging er auf einen der Müllcontainer zu.

In der Nacht zuvor hatte es geregnet, und der Boden des Parkplatzes war trotz der Hitze noch schlammig. Er bemühte sich, den Pfützen auszuweichen, und nachdem er einigermaßen unversehrt beim Container angekommen war, wählte er ihn in einem kurzen mentalen Zwiegespräch als Pissoir aus.

Als es ihm nach einer gefühlten Ewigkeit endlich gelungen war, den Reißverschluss wieder hochzuziehen, bemerkte er, dass in dem Container ein Mädchen lag. Ein hübsches noch dazu. Ungefähr im selben Moment sagte ihm irgendetwas, dass sie tot sein musste. Und das erstaunte ihn zunächst nicht weiter. Im Gegenteil, in einer hartnäckigen Trägheit befangen, die ihn immer nur in Verbindung mit Alkohol befiel, begann er laut nachzudenken. Die Entdeckung hatte ihn keineswegs, wie Krimis einen immer glauben machen wollen, mit einem Schlag nüchtern gemacht.

»Kenn ich die? Ne, glaub nich. Muss die Bullen verständigen. Ich geh mal zum Wagen zurück und hol's Handy.«

Das tat er, nur um zu bemerken, dass der Akku leer war.

»Heilige Kuhscheiße, muss das jetzt sein? Unn was jetz?«

Der Junge blickte sich um, als suchte er nach jemandem, der ihm die Antwort liefern könnte.

»Wart mal! Auf'm Weg hab ich doch 'ne Bar gesehen, die war offen. Tief durchatmen, dann geht's schon wieder. Muss mich konzentrieren, damit dieses Drehen endlich aufhört, sonst komm ich da nie an.«

Bevor er sich in den Wagen setzte, streckte er die geöffneten Hände vor sich aus und konzentrierte sich weitere zwei, drei Minuten. Komischerweise fühlte er sich jetzt leichter: Er hatte eine Heidenangst gehabt, zu dieser Uhrzeit und in diesem Zustand nach Hause zu kommen, doch die Entdeckung der Leiche würde sowohl seine Verspätung als auch seinen Alkoholpegel erklären, schließlich hat man, wenn man eine Tote findet, das Recht auf eine Stärkung, oder etwa nicht? Ergo, wenigstens die Angst war verflogen.

»Siehste, geht doch. Und jetzt ganz ruhig einfach der gestrichelten weißen Linie nachfahren, dann kann gar nichts mehr schiefgehen.«

Nach einer weiteren Angstminute erreichte er tatsächlich sein Ziel. Er schälte sich aus dem Wagen und ging auf die Bar zu. Reiß dich zusammen, forderte er sich im Geiste auf. Er drückte die Klinke der Glastür herunter und trat ein. Hinter dem Tresen trocknete der Barista Gläser ab und räumte sie weg. Er sah ihn neugierig an. Der junge Mann bemühte sich lächelnd um Haltung, was seinen Zustand noch unterstrich, und fragte, immer noch lächelnd: »Tschuldigung, gibt's hier 'n Telefon?«

»Da drüben, hinter der Eistheke.«

Der Junge machte ein paar Schritte, doch dann ließ eine innere Stimme ihn innehalten. Er hob den Zeigefinger und sagte: »Ich muss doch wohl nichts bestellen, oder?«

»Nicht nötig, das Telefon funktioniert auch so«, sagte der Barista.

Der Junge trat an den Apparat, wählte und sagte: »Hallo, ist da die 113? Hören Sie, ich wollte Ihnen Bescheid sagen, dass ich eine Leiche gefunden hab, eine tote junge Frau, in einem Müllcontainer; die ist wirklich tot, da bin ich mir sicher.«

Kurze Pause.

»Aber ja, auf dem Parkplatz des Pinienwäldchens, wo die Deutschen immer Picknick machen, aber das Mädchen ist Italienerin, jedenfalls hat sie dunkle Haut.« – »Ja, in einem Müllcontainer. Dem grauen neben dem Camperparkplatz, wo immer die Deutschen stehen.« – »Ja, um Picknick zu machen.« – »Weiß ich selbst, dass ich betrunken bin, aber glauben Sie mir, es stimmt! Also wirk… entschuldigen Sie, aber Sie sind vielleicht schwer von Begriff! Wie gesagt …«

Stille.

Der Junge schwieg und starrte einen Augenblick lang den Hörer an.

»Der hat einfach aufgelegt«, verkündete er ungläubig und ein wenig gekränkt.

Unterdessen war der Barista hinter dem Tresen hervorgekommen und betrachtete ihn mit einer Mischung aus Erstaunen und Ernst.

»Und da liegt tatsächlich eine Leiche?«

»Herrgott noch mal, ja. Sie ist auf dem Parkplatz des Pinienwäldchens, da wo …«

»Ja, ja, ich weiß. Komm, lass uns hinfahren. Du zeigst mir, wo du sie gesehen hast, und ich rufe die Polizei an.«

Der Barista nahm die Zigarettenpackung vom Tresen, steckte sich eine an und blickte auf die Uhr, dann verließ er, gefolgt von dem Jungen, die Bar.

»Gib mir den Schlüssel, ich fahre.«

Hauptsache reden.

Marco Malvaldi

Im Schatten der Pineta

Ein Toskana-Krimi

Aus dem Italienischen
von Monika Köpfer
Piper Taschenbuch, 192 Seiten
€ 8,99 [D], € 9,30 [A]*
ISBN 978-3-492-26424-2

Welch eine Hitze! Die sommerlichen Temperaturen in Pineta, dem toskanischen Städtchen an der ligurischen Küste, sind eigentlich nur an einem Ort zu ertragen – in Massimos Café BarLume. Und hier sitzen sie dann auch, die vier alten Männer, und vertreiben sich die Zeit. Mit Espresso, Sambuca, Kartenspiel – und Dorfklatsch. Und was haben sie nicht alles zu besprechen! Als ganz in der Nähe der Bar ein junges Mädchen ermordet aufgefunden wird, sind selbst die alten Männer sprachlos. Aber nur ganz kurz …

Leseproben, E-Books und mehr unter **www.piper.de**

»Genau das Richtige für einen Sommertag.«

Brigitte

Marco Malvaldi

Die Schnelligkeit der Schnecke

Ein Toskana-Krimi

Aus dem Italienischen
von Sigrun Zühlke
Piper Taschenbuch, 208 Seiten
€ 8,99 [D], € 9,30 [A]*
ISBN 978-3-492-26423 5

Die vier Alten aus Massimos Bar sind wieder da! Immer noch haben sie nichts Besseres zu tun, als Karten zu spielen, Sambuca zu trinken und dem armen Massimo mit ihren Kommentaren auf die Nerven zu fallen. Dabei hat der junge Barista neben der Verköstigung seines Seniorenclubs noch eine weit schwierigere Aufgabe zu lösen: Wer hat den Professor auf dem Gewissen, der bei einem Kongress in Pineta auf mysteriöse Weise ums Leben kam?

Leseproben, E-Books und mehr unter **www.piper.de**

»Ein amüsanter Krimi.«

Freundin

Marco Malvaldi

Das Nest der Nachtigall

Kriminalroman

Aus dem Italienischen
von Luis Ruby
Piper Taschenbuch, 240 Seiten
€ 8,99 [D], € 9,30 [A]*
ISBN 978-3-492-30397-2

* Cover- und Preisänderungen vorbehalten

Pellegrino Artusi, Feinschmecker und beleibter Starkoch, ist zu Gast auf einem toskanischen Schloss. Doch nicht als Kulinariker, sondern als Kriminalist ist er bald gefragt, denn der Haushofmeister des Anwesens wird vergiftet in der Küche aufgefunden. Artusis ganzer Spürsinn ist gefragt, denn alle außer ihm halten das Zimmermädchen Agatina für die Mörderin …

PIPER

Leseproben, E-Books und mehr unter **www.piper.de**